天下篇，逍遙遊
七星劍，葫蘆酒
你就這樣長身去了江湖
自天涯滄桑風塵回来的你
大鐘鳴鼓，琴瑟竽笙
高台厚榭，邃野之居
或人何在？或人何在？
你又帶書攜酒配劍
從眼前到天涯，一路過去

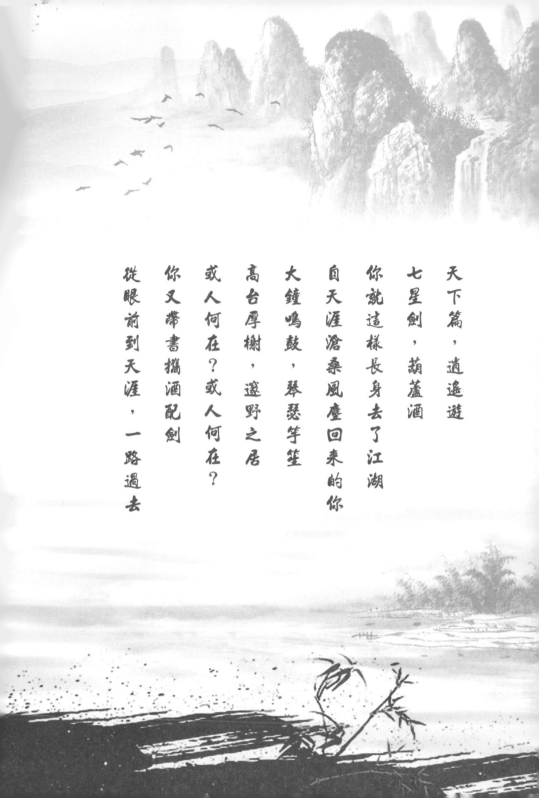

落花也有溫柔的遠志
像人走向水涯
而裘褐為衣，棺桐三寸
張目奸逼切如大火逼你躍牆
身臨绝澗如閉目飛躍
而這一躍往何處去呢
流水也有悲壯的柔情

——摘自溫瑞安《山河錄》之華年

武俠經典新版
驚艷一槍
說英雄・誰是英雄系列
溫瑞安 著
上

劍氣簫心

永遠求新求變求突破的溫瑞安武俠美學

陳曉林

眼前萬里江山，似曾小小興亡。

如果在人們的想像中，古之俠者的形象就如在沈沈黑夜中劃破天穹的流星，以一霎時燦爛輝煌的光芒，觸動了深埋在內心某一角落的高尚情愫，例如對人間正義的憧憬，對生命價值的追尋，對現實困頓的掙脫；那麼，藉著抒寫俠者的故事來召喚或呼應這一抹燦爛輝煌的光芒，歸根結柢，是在呈現一種浪漫的、詩意的生命情調。

在當前時代，高科技的聲光化電、特殊效果，多媒體的視聽傳播、另度空間，儼然已成爲人們生活的一部分。而《臥虎藏龍》、《英雄》等影片，在影像藝術和商業運作上的成功，似乎反而爲華文世界的武俠小說敲響了警鐘；因爲堆金砌玉的場景、幻美迷離的情致、匪夷所思的動作，猶如七寶樓台眩人眼目，卻將想像的餘裕也驅散或壓縮到了若有若無之間。試想：當武俠小說必須走上像《哈利波特》、《魔戒》等西方魔幻小說的路子才能在商業上找到出口，對於擁有深厚傳統的武俠文學而言，將是何等尖銳的反諷？

魔幻只是武俠可以運用和結合的小說文類之一，而絕不是武俠唯一的歸宿。其實，一切高明的文學作品，真正的底蘊都在於作者能以推陳出新的文字魅力引發讀者的閱讀興味，進而拓展讀者的心靈視域，武俠小說當然也不例外。溫瑞安本身是詩人，他的現代詩兼具古典美感與前衛創意，恢詭譎怪而又氣象萬千；他以詩意注入武俠，又以俠情融入詩筆，使他的武俠小說別具一股撼動人心的魅力。他又常自覺地汲引偵探、推理、科幻、神魔、演義，乃至意識流技法、魔幻寫實、後設小說等文類作爲旁枝，而以詩意盎然的文字魅力貫穿其間。

在武俠文學的領域，古龍是最先強調必須求新求變求突破的大師，但一再揭明無論情節如何變化，「人性」總歸仍是一切文學探索的源頭活水者也正是古龍。溫瑞安少年時熟讀金庸、古龍，頗受影響，及至在武俠創作上卓然自成一家，其求新求變求突破的心情，顯然較古龍更爲渴切。這是因爲他深知若走金或古的路數，充其量不過是「金庸第二」或「古龍第二」，而他寧願一往無前地營造他自己的武俠世界，建立他自己的獨特風格。

在我看來，如果以詩人爲喻，金庸或可擬之杜甫，古龍無疑可頡頏李白；則以美麗而奇倔的文字魅力自成一家的溫瑞安，殆差相彷彿於戛戛獨絕的李長吉。「女媧煉石補天處，石破天驚逗秋雨」，溫瑞安在武俠文學上種種煉石補天的抱負與嘗試，和李長吉在盛唐氣象已逝、李杜光焰猶存的時代，爲了在詩藝上尋求突破而付出的心血，而結晶的詩篇，確有交光互映之處。至少，就構思的奇炫、情節的奇變、行文的奇幻而言，溫瑞安的若干作品確有「石破天驚逗秋雨」的意趣。

溫瑞安的武俠作品數量驚人，長、中、短篇均有膾炙人口的名篇。較爲讀者所熟知者，如「四大名捕」系列、「神州奇俠」系列，在兩岸三地均極受歡迎，以致欲罷不能，甚至開枝散葉，魚龍曼衍，且反覆搬上銀幕與螢屏，始終維持熱度。然而，我則認爲「說英雄・誰是英雄」系列才是溫瑞安的巔峰之作，神完氣足，意在筆先，將他的生命體驗、多元學識與文字魅力發揮得淋漓盡致。有了「說英雄・誰是英雄」系列，溫瑞安的武俠世界才有了可大可久的基柱。爲此，我與所有瑞安的朋友一樣，殷盼他早日將完結篇「天下無敵」殺青。

瑞安與我，均是多歷滄桑患難，允爲風雨故人。平時見面的機會卻少之又少，近十年來，甚至根本未曾一晤；然而，在內心深處，彼此都將對方當作可以託六尺之孤、可以寄百里之命的生死道義之交；其中的相知相契、互敬互重的情誼，有非語言可以形容者。如今瑞安得知我對提倡及出版武俠文學仍有一份繫念，義無反顧，將他的作品交託於我；我亦視爲理所當然，與他遙相攜手，再共同爲武俠文學的發皇而走上一程。斯情斯景，正是：「如此江山寥落甚，有人呼起大風潮」！

於二〇〇三年六月十五日

武俠大說

《溫瑞安武俠小說》風雲時代新版自序

國家不幸詩人幸，因爲有寫詩的好題材。有難，才有關。有劫，才有渡。有絕境，才見出人性。有悲劇，才有英雄出。有不平，才有俠客行。笑比哭好，但有時候哭比笑過癮。文字看悶了，可以去看電影。文學寫悶了，只好寫起武俠來。

我寫武俠小說，起步得早，小學一年級時已在大馬寫（其實是「繪圖本」）武俠故事。武俠小說令我豐衣足食，安身立命多年，但我始終沒當她是我的職業，而是我的志趣。也是我的「有位佳人，始終在水一方」。我始終爲興趣而寫，武俠乃是我的少負奇志，也成了我的千禧遊戲。稿費、版稅、名氣和一切附帶的都是「花紅」和「獎金」，算起來不但一本萬利，有時簡直是無本萬利，當感謝上天的恩賜，俠友的盛情，讓我繼續可以做這盤「無本生意」。我用了那麼多年去寫武俠，其間斷斷續續（例如近五年我就幾乎沒寫多少新稿），但故事多未寫完，例如「四大名捕」故事，但三十幾年來一直有人追看，鍥而不捨，且江山代有知音出，看來我的讀友，不但長情，而且長壽。所以，我是爲他們祝願而寫的，爲興趣而堅持的。小說，只是茶餘飯後事耳；大說，卻是要用一生歷煉去寫的。

我在臺灣推出「武俠文學」系列時，是在一九七六年之後，也陸陸續續、斷斷續續在「長河」、「中時」、「皇冠」、「神州」、「花田」、「天天」、「遠景」、「萬盛」、「晨星」等出版社推出多個不同版本，近幾年我的書已沒再在台出版，港臺的版權也完全回到我手裏。我本來也沒打算在近日推出這全新修訂的版本，但後來還是改變了主意。一是讀者的要求：在台不易找到我書，縱眾裏尋他千百度，尋著了也只殘缺不全，我見獨憐；二是因爲陳曉林先生，曉林是我相交近三十載的好友，這還不算，我在相識他之前就與他文章相知，仰慕其爲人的日子。他就是那種「俠客書生」——俠者的風骨，但在現代社會裏只能化身書生議論入世救世的人物。他本身就是大俠廁身於俗世的反映。他是一枝筆舞一片江山，我是得意淡然，失意泰然，在現實裏各自堅持俠道的精神；我跟他有時是相見如冰，有時是相敬如兵，實則是俠道相逢，吞火情懷，相敬如賓。蒙他願意出版，我實在求之不得，榮幸之至。我的作品就是我的孩子。我相信他。我交給他。

時空流傳，金石不滅，收拾懷抱，打點精神。一天笑他三五六七次，百年須笑三萬六千場。武俠於我是「咬定青山不放鬆」；作爲作者的我，當年因敬金庸而慕古龍，始書武俠著演義，已歷經四次成敗起落，人生在我，不過是河裏有冰，冰箱有魚，餘情未了，有緣再續而已矣。

識於二〇〇三年六月四日端午

溫瑞安

說英雄誰是英雄系列

驚艷一槍

上冊

目錄

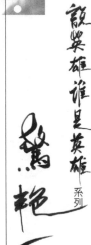

第二章 人心大變

第三章　以一變應萬變

第一篇　王小石的石

這故事是教訓我們：

要了解對方是怎麼樣的一個人，只要看他有什麼樣的敵人。他是怎樣的一個人，就會有怎樣的敵人。朋友固然難得，但他是你的朋友，也是別人的朋友，而且朋友可以是五花八門，良莠不齊；敵人卻是有足夠份量與你為敵的人，他甚至可以激發你上進、奮發；敵人差勁，就是自己差勁。看不起敵人，等於看不起自己。所以敵人更可貴。一個高手的敵人必然也是高手。

「殺敵」的意思是殺掉敵人或是把敵人打得永不翻身；如果敵人一息尚存，或者還有敗部復活的機會，就千萬不要以為目前的勝利是永遠的不敗。

第一章　先生

一　朝令七改

蔡京下令，要王小石暗殺諸葛先生。

——他的理由是：諸葛不死，國無寧日。

言外之意是：他不死，你死。

如果王小石殺不了諸葛先生，蔡京便要動用他的生殺大權，把「金風細雨樓」在京城裡連根拔起！

王小石受過「金風細雨樓」樓主蘇夢枕知遇之恩，而且他和正副樓主都有結拜之義。「金風細雨樓」，已成爲他到京師來之後的第一個家。

看來，爲國爲民，在情在義，他都只得必殺諸葛！

王小石無可選擇。

他只有暗殺諸葛。

「三日內必殺諸葛，否則提頭來見。」

現在已過了兩天。

還有一天。

——要吃飯就得煮飯。

——要有學問就得讀書。

——要殺諸葛，首先得要接近諸葛。

如何接近諸葛？

——這點似乎不難。

——蔡京和傅宗書之所以選王小石來執行狙殺諸葛先生的行動，除了因爲王小石的武功高強、行藏未受注意、並跟官府朝廷毫無瓜葛之外，還有兩個重大的原因：一，他聰明機敏，且工於書畫醫藝，與諸葛先生正好興味相投；二，他是天衣居士的門人，天衣居士正是諸葛先生的二師兄，就憑這個關係，由王小石來執行暗殺諸葛先生的計劃，當然是最適當的人選了。

因爲他有一百種理由去接近諸葛先生，並且絕對能接近諸葛先生。
問題只是：他殺不殺得了諸葛先生？

這問題，王小石答不出來。
至少現在還不知道。
——有很多問題，現在還沒有答案的，但只要過了一段時候，答案就自然會出現。
時間，無疑可以解決很多問題。
時間本身才是最大的問題，所以，沒有什麼事情是時間所不能解決的。
所以王小石在等。
——等時間來爲這問題下答案。
——他在等下令。
——等殺死諸葛的命令！

命令怎麼還不下來？

◇◇◇ ◇◇◇

下來了。

命令是由龍八太爺身邊的親信下達的。

龍八身邊有八名後亮花頂、前開雕袍的武官，都是非同小可的人物，但在這項行動裡，他們只成了傳達訊息的人。

命令在中夜遽至。

「諸葛先生於今晨卯時到『神侯府』與七情大師對弈，這是殺他的最好時機！」

王小石待命而發。

他整衣繫劍、正待出發，忽然又接到命令：「有變。諸葛改赴『青牛宮』，改於今晚亥時潛入『青牛宮』行刺爲宜。」

王小石居然還打了個呵欠，倒頭就睡，準備養足精神，準備是夜行刺。

但他尚未睡著，指令又至：

「刺殺諸葛一事，目標已生警覺，行刺一事全盤取消。」

王小石看到這指令，反而沒有睡。

他在等。

果然在丑時初又來新的指示：

「諸葛先生因查重案，會在未時與門下的冷血、追命，出現於三合樓。」

隨即消息再變：

「諸葛在未赴三合樓之前，會先經過瓦子巷，那才是最佳妙的狙殺地點。」

王小石開始擺動雙腳，搓揉十指。

時正隆冬。

旁人看見，最多只以爲他感覺得冷，而不是緊張。

——他是不是有點緊張呢？

指令卻來得一次緊過一次。端的是非常緊張：

「諸葛先生中風病倒，病況樹大夫主治；先行格殺樹大夫，再假扮御醫，申時行刺諸葛。」

王小石看了這回的指令，喃喃自語：「忒也湊巧！」

接著，又來了一道密令。

信封上標明是「最後密令」：

「傅相爺邀宴諸葛，酉初聚於孔雀樓。相爺碎杯爲號，即行格殺。」

之後，就不再有任何指令。

龍八太爺的「龍城八飛將」，爲了要傳遞消息，也出動了其中七人。

王小石屈指一算，在子初到丑時末的兩個時辰之內，總共接到了七道命令。

刺殺的地點、時間、方式，也一連改了七次。

無論再怎麼改，只有一點是不改的：

人，還是要殺的。

諸葛，還是一定要死的。

——問題只在：王小石殺不殺得了他？

（殺得了也得殺，殺不了也得殺。）

（他不殺諸葛：太師蔡京和丞相傅宗書，就會對付「金風細雨樓」，就會逼城裡的江湖好漢無所容身，就會使方恨少、唐寶牛、張炭、溫柔這一干人都得身入牢籠，而且，他們也必不會放過自己！）

（在情在理，爲人爲己，都必殺諸葛！）

情調。

殺人呢？

二 「終生名菜」

約會情人，要在花前月下，不管月上柳梢頭，還是夜半無人私語時，都要講究情調。

殺人呢？

沒有比這更幽美的時分。人們工作了一天，各自拖著疲乏的身軀回家，家家昇起了炊煙，人人圍在桌前晚膳，孩子們在門前嬉戲，撲抓遍地的點點流螢，天空佈起了會眨眼的星燈，戶戶點亮了會流淚的燭光。溫馨無比，無比的溫馨。

酉時。

沒有比這更憂傷的時刻。看黑夜如何逐走黃昏，聽大地如何變得逐漸沉寂。雪，在沒有陽光的融解下，如何要凍結窗內的燭火；人，在工作了一整天之後，如何讓疲憊去絕望了明天的期待。幽黯無盡，無盡的幽黯。

這是個特別美麗和特別悽其的時節。

這時候，王小石就在風刀霜劍裡，來到「孔雀樓」。

他要殺人。

——必殺諸葛！

◇

孔雀樓三樓北四窗挑出了一盞燈籠。

燈籠亮著朱印「傅」字。

王小石一看，立即上樓。

這時候，孔雀樓上都是客人。

食客。

一家大小來吃個飽的、跟三五友好來小酌的、跑江湖的、幹一整天活的、潦落不得志的、當官發財得意的，全在這兒，各據一桌，或各占一座，聊天的聊天，充饑的充饑，醉翁之意的醉翁之意。

人多極了。

幾乎客滿。

——如此興旺發達，豈能聯想到萬民疾苦、邊疆告急！

王小石一上樓，見到一個手裡拿著個鳥籠的相師就問：「你喝的是什麼茶？」

相師想也不想，即答：「檢查。」

王小石立刻就上二樓。

因爲那是一句暗號。

（王小石問：「點子在不在上面？」

對方答：「在。」）

在——他就上去。

上了二樓。

一上二樓，他就問那個不住打噴嚏的店夥：「山有好樹，就有好水；一家好酒樓要用什麼方法才能留得住永久的客人？」

店夥答：「終生名菜。」

王小石聽罷，即上三樓。

因爲那也是一句暗號。

（王小石問：「一切行動都照常嗎？」

對方答：「照樣。」）

於是他上了三樓，到了北四房。

房前站了兩個人，腰繫蟒鞭，背插金鞭，目含厲光，站在那兒，就像兩座門神，一看便知是曾經著意打扮，其中一人，不知怎的，王小石覺得有些眼熟。

三樓都是爲貴賓而設的廳房，雖人客滿，但人客都在房裡，反而很覺清靜。

王小石一步上樓來，那兩人完全不動、不看、不回頭，但王小石卻感覺到他們已在留意著自己。

他毫不猶豫的就走了過去。

直走向北三房。

還走過了北三房。

到了北四房。

他施施然經過那兩人身前。

走進了第五房。

王小石一掀開簾子走了進去，在那一房人的詫異與詢問聲中，他已衝了進去。

他不等傅宗書的擲杯爲號，已一腳踢破兩房相隔的木板牆，牆倒桌翻，王小石就看見四房裡有兩個人正離桌而起。

其中一人，紫膛國字臉，五綹長髯如鐵，不怒而威，驚而鎮定，正是傅宗書。

另一人，深目濃眉，臉透赤色，倉惶而起。

座上還有幾個人，但王小石一眼望去，只看見這兩人。

王小石衝了過去。

那人大喝一聲：「拿下！」

有三個人已欺近王小石，另外一人已護在那人身前。

那三名逼近王小石的人，一人施展擒拿手要制住王小石的攻勢，一人舉籐盾要攔住王小石的刀光，一人以掃堂腿、攔江網猛攻王小石的下盤。

這三人的攻勢，王小石絕不是應付不了。

不過，如果他要應付這三人的攻勢，他的攻勢就免不了要一緩。

他不想緩。

他不能緩。

他發出了刀和劍。

空手發出「隔空相思刀」、「凌空銷魂劍」。

這三人立刻倒下了兩人。

可是王小石背部也受重擊。

他的血湧在喉間，但還沒有溢出唇邊，他已衝近諸葛先生身前。

諸葛先生身前的那名侍衛立即出刀。

一出刀，刀就斷成七截。

七截刀分七個部位激射向王小石。

——原來那不是刀，而是暗器！

王小石拔刀。

刀光驚艷般地亮起，一如流星自長空劃過。

七截斷刀，自七個方向射出。

有人悶哼，有人哀號，有人自血光中倒了下來。

剛才三人中剩下的一人，和護在諸葛先生面前的高手，一前一後，夾擊王小石。

這時，諸葛先生已躍到了窗前，準備跳下去——一落大街，要殺他就難若登天了。

王小石雙袖忽然一捲，把一前一後兩名敵手都捲飛出去，撞向諸葛先生！

——如果諸葛先生這時跳下去，就一定給這兩人砸箇正著，以這種猛勢，只怕非死亦得重傷不可！

諸葛先生忽如游魚般一溜，避過窗口，背貼板牆。那兩名高手不及半聲呼叫，已自窗口掉落街心。

王小石身形展動，已到了諸葛先生身前。

他只求速殺諸葛。

就在這時，他的胸際又著了一擊。

重擊。

他悶哼一聲，那一刀像一記無意的顧盼、刻意的雷殛，直劈諸葛先生。

刀光如深深的恨，淺淺的夢，又似歲月的淚痕。

諸葛先生忽然尖嘯起來。

遽然之間，他只一舉手、一投足間，王小石那一刀就不知怎的，給一種完全無法抗拒的大力，轉移了並空發了那一刀。

那一刀雖然空發，但刀勢依然擊落在諸葛先生身上。

諸葛先生大喝一聲，身後的牆轟然而塌，他已退身到北三房裡。

這時，那兩名給王小石推出窗外的高手，這時才蓬、蓬二聲落到地面。街外傳來驚呼。

王小石跟進北三房。

北三房杯碎碗裂，有人驚呼，有人摔跌。

王小石什麼都看不見。

他看不見其他的人。

他看不見杯，看不見碗，看不見酒，看不見桌，看不見椅，甚至連牆都看不見。

他只看見一個人。

諸葛先生。

——他要殺他。

——非殺不可。

他拔劍。

他拔劍的時候，前面迎過來，後面追過來、左右包抄過來的至少有七個人向他發出了攻襲。

狠命的攻襲。

但當他拔出了劍的時候，那七人都已倒了下去，就只剩下了劍光。

那三分驚艷、三分瀟灑、三分惆悵和一分不可一世的劍光。

那一劍的意境，無法用語言、用圖畫、用文字去形容，既不是快，亦不是奇，也不是絕，更不只是優美。

而是一種只應天上有、不應世間無的劍法。

這一劍刺向諸葛先生。

這一劍勢無可挽。

（如果前面是太陽，他就刺向太陽；如果前面是死亡，他就刺向死亡；如果前面站著是他自己，他就刺向自己——）

諸葛先生只做了一件事。

他突然分了開來。

一個好端端的人，不可能「突然」給「分」了開來。

他的頭和四肢，乍然間像是全「四分五裂」了一般。

然後驟然一分而合，頭和手腳，又「合」了回來。

但就在那一「分」之際，諸葛已破解了王小石那不可一世的一劍。

（王小石見過這種奇招。）

（在「六分半總堂」的決戰裡，「後會有期」的「兵解神功」，便是能把自己的四肢分成前後左右四個角度折裂，像驟然「斷」了，或遽了「長」了起來一樣，攻擊角度可以說是詭異已極！）

現在諸葛使的也正是這一招。

王小石嘴角溢出了鮮血。

——剛才受重擊的傷，到現在才流到唇邊。

諸葛先生一招破解來勢，並不戀戰，立刻疾退。

背後的大桌連著酒菜給撞翻。

至少有十一個人，連同剛才守在外面的兩座「門神」，也向王小石衝了過來。

王小石不退。

從他闖入席間起，他從來就沒有退過半步。

他刀劍齊出。

諸葛先生如一隻白鶴般掠起，更如一隻鐵鷂般彈了起來，輕如一隻蜻蜓；那兩座門神的金鞭和蟒鞭，同時擊向王小石。

王小石沒有避。

軟鞭捲在臉上。

臉頰上登時多了一道血痕。

金鞭打在肩上。

王小石哇地咯了一口血。

但他手上的三顆石子，已疾射而出！

諸葛先生左右膝各中一枚，額上又著一枚，腳一軟，登時往前仆跌，王小石劍下刀落，就要砍下諸葛先生的人頭——

忽聽有人雷也似的暴喝一聲：

「住手！」

「瑺」的一聲，星花四濺，一人隨手抄來一把斬馬刀，竟格住了他的刀和劍。

王小石一看，只見那人氣派堂堂、神威凜凜、炯炯有神、虎虎生風，正是當今丞相傅宗書！

三　破、破、破、破、破、破、破！

——無稽！

不正是傅宗書要他去殺死諸葛先生的嗎？怎麼現在反而是傅宗書來救諸葛先生！

——荒唐！

◇◇◇

「不許殺他！」傅宗書沉聲怒叱。

王小石道：「是太師和你自己要我殺他的！」

「我們要你殺的是諸葛！」傅宗書道：「他不是諸葛！」

◇◇◇

王小石的樣子，完全寫著「啼笑皆非」四個字。

他望著翻倒的桌椅、推倒的門牆、狼藉的碗筷、還有倒在地上起不來的七八個不知姓名的高手，他的表情，就是完全無法接受傅宗書所說的話之寫照。

「你們這是什麼意思？」他只好問。

——他拚了一死，受了不輕的傷，要一鼓作氣的殺了諸葛先生——結果，眼前的諸葛先生竟不是諸葛先生。

「要不是這樣試一試你：焉知道你是不是真的要殺諸葛先生？誰知道你殺不殺得了諸葛先生？」傅宗書說：「除此之外，也沒別的意思。」

「有意思，」王小石慘笑道：「那麼，我現在有沒有資格去殺諸葛先生？」

「有，絕對有；」傅宗書把手上的判官筆交給了其中一座「門神」，「我們對你已完全放心。你已經過關了。」

「謝謝。」王小石嘿笑道，「那麼，這個差一點便死在我手上的人，到底是誰？」

——此人能在「舉手投足」間破去「相思刀法」，再以「兵解神功」破解「銷魂劍法」，竟然只不過是傅宗書手上一個「傀儡」：幾乎是代諸葛先生而死的「犧牲品」。

「他是龍八，」傅宗書笑了：「江湖人稱龍八太爺的就是他。」

龍八一張臉脹得赤紅，喘氣猶未平息，只忿忿的盯著王小石；如果他的眼神可以殺人，他早就把王小石剁爲碎肉了。此際，他額角還淌著血，兩條腿也無法挺直——王小石的石頭畢竟不是好消受的：就連「鐵砧板」龍八太爺也一樣禁受不起。

龍八死裡逃生，心有餘悸。他在江湖上的地位極高，在朝廷裡好歹也是一品大官，今日卻幾乎給人格殺當堂，只脹紅了臉，像一隻發怒的螃蟹，氣得舌頭也有些打結起來：

「他……是來殺我的？」他問傅宗書。

「是，」傅宗書笑道：「也不是。」

那名手拿金鞭的「門神」接著傅宗書的話鋒道：「他是來殺你的，不過殺的不是你。」

另一名手執蟒鞭的「門神」接道：「他其實是來殺諸葛先生的。」王小石乍聽此人說話，不知怎的，又有點耳熟。

龍八臉上的赤紅漸轉成青紫：「你邀我來孔雀樓，便是要我給人誤以爲是諸葛先生？」

傅宗書說得更直接：「我要你來這裡給人暗殺！」

龍八一屈膝就跪了下去，竟琅琅的道：「感謝相爺重用之情！」

然後又鼕鼕鼕叩了三個頭，恭恭敬敬的道：「感謝丞相大人救命之恩！」

傅宗書鐵色的臉已蘊露了一點笑意。

一丁點兒。

——彷彿笑是一種施捨，他絕不肯多施予人，以免傷本似的。

「這兩位，好鞭法，」王小石用手抹了抹頰上的血痕，又用手撫了撫脅上的鞭傷，「是『大開神鞭』司徒殘、『大闔金鞭』司馬廢吧？『開闔神君』司空殘廢何在？怎不一起來？」

——「大開神鞭」司徒殘、「大闔金鞭」司馬廢以及精擅「大開大闔神功」的「開闔神君」司空殘廢都是武林中的絕頂高手，聽說這三人都是元十三限的護法。

那兩座「門神」笑了。

「他，不是諸葛先生，」傅宗書指著龍八，悠然道：「所以用鞭使鞭的，也不見得就是司徒殘、司馬廢。」

王小石也不再問下去，只說：「那麼，我可以去殺諸葛未？」

傅宗書轉向王小石，雙目凝注，吐言如金石交鳴：

「你以什麼理由去找諸葛先生？」

「我是天衣居士的徒弟，」王小石答：「到京城來自然應該去拜會三師叔。」

「你來京師已非一日，爲何遲至今日才來拜見先生？」

「因爲我有骨氣，我並非來投靠先生；我要自己在京城裡闖出一番事業，才去拜晤三師叔。」

「那麼你現在有大成大就了麼？」

「沒有。可是我有消息，要向先生告密：太師和相爺有意要招攬京城裡的各門各派，如不能收爲己用，即要趕盡殺絕；我要三師叔多加提防，這行動的目標無疑是針對三師叔和四大名捕。」

「你是從何得知此項機密？」

「我是『金風細雨樓』的人。『金風細雨樓』樓主蘇夢枕是我結拜大哥，他手上有一座白樓，專門收集資料情報，我王老三自然能從那兒探知線索。」

「你爲什麼要告訴他這些情報？」

「因爲蘇夢枕野心太大，不甘於收編招安，但又不敢公然反抗，所以想利用我通知諸葛先生，以制止太師和相爺的計劃。」

「諸葛先生武功高強，遠勝龍八，且近日他身體欠佳，時有四大名捕在身邊衛護，你如何下手？」

「諸葛先生以爲我是他的師侄，且來通風報訊，可見忠心，我請太師身邊的魯書一、燕詩二、顧鐵三、趙畫四四位引走四大名捕，我再趁其不備，冒死行刺——另外，我還要向相爺相借一物。」

「什麼東西？」

「『五馬恙』。」

「唔，諸葛先生精通醫理，一眼便看出你在近日曾受過傷，這點你又如何解說？」

「我受的是『大開神鞭』司徒殘和『大闔金鞭』司馬廢的鞭傷；他們都是元四師叔手上的人，而元四師叔正是太師身邊大將。」

傅宗書緘默了半晌，目中像經過一陣什麼過濾澄清似的，終於露出一種神色。

那是「激賞」和「信任」的神色。

——一種像傅宗書這樣的人物絕難一見的神色。

「好！」傅宗書脫口道：「我問了你七個問題，即是給了你七個難解的結，但都給你一一破去。」

王小石淡淡地道：「不破解又何必去找諸葛先生！」

「尤其最後一項：這本來就是我叫他們來打你兩鞭的深意；」傅宗書在讚賞之餘還不肯道出這兩名「門神」的真正身份．「你的回答正合我意。」

「一個大說謊家說的必然是有七成真話；」傅宗書又道：「真正會說謊的人，平時絕不輕易騙人，到了要緊關頭，才能瞞天過海。」

王小石忽然問：「我向諸葛道出太師和相爺的機密，相爺不見罪吧？」

「不這樣又如何取信於諸葛？不如此就殺不了諸葛！」傅宗書慨然道：「何況，你也確然說中了我們的心意。」

「可是我向相爺所要求的事物，相爺還沒答應呢。」

「『五馬恙』？」傅宗書哈哈一笑：「你放心吧，還有『詭麗八尺門』的『藕粉』呢！到時候，全都會灌入諸葛先生肺腑裡，就等你給他補上一刀——或者一劍。不過，你要記住，以諸葛先生的絕世功力，就算中了劇毒，也只能制他於一時，殺他，還得憑點真功夫！」

王小石目光一亮：「相爺早在諸葛身邊佈下高手？」

「你放心吧，」傅宗書說：「總之，你聽到那人說『終生名菜』四字，便是自己人。」

王小石長吸一口氣，一字一句地問：「那麼，我要在什麼時候下手？」

「諸葛先生今晨卯時會在『神侯府』與七情大師對弈。」傅宗書也肅然道：「他近日身體欠和，這是殺他的最好時機；另者，魯、燕、顧、趙四人都會配合你的行動。」

王小石一怔，道：「這豈不是我收到的第一道指令？」

傅宗書冷然道：「本來我的命令從來就不改。」

王小石雙眉一軒：「我的要求也不改。」

傅宗書斜睨看他：「你不妨把你的請求再說一次。」

「殺了諸葛，我要求太師、相爺擢升蘇大哥和白二哥，取代諸葛先生在朝在野的地位。」

「唔。」

「要是我能殺死諸葛，仍希望留在京城，不想做一輩子逃犯。」

「行。」

「如幸得手，請太師和丞相大人能對江湖上的好漢網開一面。」

「這個容易。」

「並請太師進疏皇上，免除奢靡、廢採花石，近日民不聊生、盜賊四起，皆因此而生，小石忠言，望蒙不棄。」

「王小石，你忒也多事！」

「還有一事。」

「你原本只有四個要求，怎麼現在又生枝節？」傅宗書臉色一沉。

「這枝節是因今天之事而生的，可怪不得我。」

「你說說看。」

「行刺之後，我想直接向太師稟報成績。」

「什麼？」傅宗書怒道：「你這是不信任我了!?」

「不是，」王小石坦然無懼：「這件事，太師是親自來找我我才做的，我很應該親向他報告一切；另外，我所要求之事，太師也一一親口答允的，殺人之後我投靠太師，也是太師親自邀我的。像今天在孔雀樓的刺殺，似真如假，有時也難以適從，誰知道這是不是諸葛先生手下的人？或是他所佈的局！我要親自向太師稟報，才能放心。」

「……」傅宗書沉吟不語。

「殺身成仁，捨身取義；爲情爲義，生死不理。」王小石冷笑道：「如果連面也不予一見，我王小石真是活膩了不成？犯得著這樣去捨死忘生！」

「好！」傅宗書斷然道：「太師一定會在『我魚殿』靜候捷報佳音！」

然後他一字一頓的說：

「記住，太師要驗明正身：諸葛先生的人頭！」

四　道。道。道。道。道。道。道。

諸葛先生與七情大師在「神侯府」裡對奕，一聽是「天衣居士門下王小石求見」，立即予以接見。

他一見王小石，便「哦」了一聲。

他沒有問他爲什麼而來，沒有問他爲何現在才來看他，更沒有問他爲何而傷。

「你師父好嗎？」他問的是天衣居士。

「家師身體一向欠安，」王小石端然的說，「三師叔是知道的。」

「蘇樓主好嗎？聽說他最近一直在『青樓』裡沒有下來？」諸葛先生接著問：「遽聞你已跟他結義，他殺戮太重，你何不去勸他一勸？」

「我已經好久沒見著蘇大哥了，」王小石望著桌上那一盤還未分出勝負的殘棋，「他是江湖中人，『金風細雨樓』大局全是他一力主持，有時候，就像一局棋子一般：在自己虛弱遇險的時候，反而要虛張聲勢，大開大殺，讓對方懾於聲勢，不敢搶攻，才能望在以攻代守之中，喘得一口氣。」

他停了一停，才再說下去：「我師父常說：動的事物，難以看出虛實，一隻麻蜂的利器只不過是一根刺，要不是牠飛動得快，就像地上平鋪著一支針一樣，不容易把人刺著。可是真正的大移大動，大起大落，反而是極靜的，例如星移斗轉、日昇月落，無不在動，但卻能令人恍然未覺。」

「有道理。」諸葛先生銀眉一蹙，指了指棋盤，道：「就像一盤棋局裡：車是車、馬是馬、帥是帥，必要時，帥可作車用，馬可作車使，但在平時，各有各的規範，才是長期作戰和生存的打算。蘇夢枕南征北伐、屢生戰端，也許爲的不過是掩飾自己的困境。不過，身爲副樓主的白愁飛，爲何又要招朋結黨、多生事端？」

「驚雷總是要在無聲處聽得，好話總是要在刀叢裡尋獲；」王小石說：「招搖生事，樹大招風，在一些人身上是件愚行，但在一些人身上反而是明智之舉。大動就是靜，大巧反而拙。一個藝高膽大、聰明才智的人，就像一把錐子跟一堆鈍器都放在口袋裡一般，遲早會割破布袋露出鋒芒——但所謂『遲早』，那是可遲可早的事；有些人能等，有些人不能。把姿勢扳高一些，當然會給人當作箭靶，但既能成箭靶，就成了明顯的目標，想要揚名立萬，這無疑是條捷徑。不然，想要沉潛應戰，也得要沉潛得起才成；否則，江湖後浪逐前浪，武林新葉摧落葉，小成小敗，不成器局，死了喪了敗了亡了，也沒人知、無人曉。對一些人來說，一生寧願匆匆也不願淡淡，即使從笑由人到罵由人至笑罵由人，只要率性而爲、大痛大快，則又何如！」

「有道理。」諸葛先生道：「正如下棋一樣，有時候，要部署殺局，少不免要用一兩子衝鋒陷陣，去吸引敵方注意，才能伏下妙著。『六分半堂』看似已給『金風細雨樓』打得只有招架之能，但絕不可輕視。」

「棋局裡有極高明的一著：那就是到了重大關頭，不惜棄子；」王小石說：「『六分半堂』是壯士斷腕，棄的是總堂主雷損，但他們的實力、勢力和潛力，全都因而保全了下來。現在主事的狄飛驚，曾低了那麼多年的頭能活在『六分半堂』，而今熬出了頭，所謂：『隱忍多年，所謀必大』，那是個絕世人物，是絕不可輕敵的。要看對方到底是怎樣的一個人，應該要看他的敵人；他有什麼樣的敵人，他自己就是什麼樣的一個人。朋友難得，敵人更爲可貴。」

「有道理。」諸葛先生道：「棋局裡的一些妙著、伏子，開始下子時往往不知其爲何，直至走了數步，或走數十著後，甚至在著緊關頭之際，才會見著妙用來，『迷天七聖』看來已全給『六分半堂』聯合『金風細雨樓』所打垮，你看關七還能不能再起？會不會復出？」

「關七還沒有死，只要他還沒死，一切都是可能的。」王小石說：「事實上，關七忽然銷聲匿跡，也是好事：因爲『迷天七聖』已昇騰過急，根搖樹倒，在所難免。大凡人爲之事，無論爭強鬥勝，遊戲賭博，必有規矩，無規矩不成方圓。有規矩法則必有打破規矩法則的方法和人。不破不立，是庸材也。能破不能稱雄，要能立才能成大器。人要可破可立才能算人傑，而到最後還是回到無破無立，這才是圓融的境界，同時也自成一個規矩——直至其他的人來打破這個規矩。關七這樣如同『死』了一次，他自己打破了自己所立的規矩，只要他人不死，心不死，大可以也還可以重新來過、從頭來過。」

「有道理。」諸葛先生說：「那就像重新再下一盤棋。可是你師父是有用之身、絕藝之才，何以不重出江湖，爲國效力？」

「人各有志，不能相強。」王小石道：「有些人認爲要決殺千里、橫行萬里，才算威風過癮；有的人喜歡要權恃勢、翻覆雲雨，才算大成大就；但有人只是閒種花草忙看月，朝聽鳥喧晚參禪，就是天下最自在的事了。家師身體不好，而且對外間江湖恩怨、世情衝突，很不以爲然；他如此性情，與其料理乾坤，不如採菊東籬更適其性。」

「有道理。」諸葛先生撫髯道，「你剛才說過：什麼樣的人就會有什麼樣的敵人；你看我會有什麼樣的敵人？」

「師叔是爲國爲民、大仁大義的人，你們的敵人，當然就是國敵民讎，其他普通的敵人，你老還不會放在眼裡！就像四位高足，四位名捕師兄，他們持正衛道，跟一切無法無天的盜賊對敵，那是『公敵』，而不是他們個人的『私敵』。爲天下對敵者可敬，爲私利對敵可鄙。你們的敵人，通常也是百姓的『頭號大敵』，也即是『天敵』——這才是不易收拾，不好對付的大敵。」王小石說，「因爲你們的敵人厲害，所以非大成、即大敗，成者遺澤萬民，敗者屍骨無存，故而敵對之過程，愈發可歌可泣、可敬可羨！」

「有道理。」諸葛先生一盃乾盡杯中酒，「你自己呢？一個劍俠、一名刀客，要無情斷情才能練得成絕世之劍、驚世之刀，你師父說你天性多情，絕情刀法、無情劍法練不成，卻練成了『仁劍仁刀』，這卻可以刀仗劍持道行於天下麼!?」

「仁者，二人相與耳。人與人之間相處，本來就是有情有義的。如果爲了要練刀法劍招，而先得絕情絕義，首先便當不成人了，還當什麼劍俠刀客？卻是可笑而已！人在世間，首先得要當成一個人，除此之外，鐵匠的當打鐵，教書的識字，當官吏的爲民做事，要做刀客劍俠的才去練好他們的刀刀劍劍；如果連人都當不成，爲絕招絕學去斷情絕義，那豈不是並非人使絕招、人施刀劍，而是爲絕招所御，爲刀劍所奴役？」王小石展開白如小石的貝齒一笑道，「的確，在江湖上，做人要做得相當堅強才能當得成人；在武林中，早已變成友無摯友，敵無死敵，甚至乎敵友不分，敵就是友，友就是敵。可是，當一個人的可貴，也在於他是不是幾經波瀾歷經折磨還能是一個人——或許，我眼中無敵，所以我『無敵』。」

「好！好個無敵！」諸葛先生拍案叱道：「有道理！」

他一見王小石至今，已說了七次「有道理」。

「來人啊，」諸葛先生興致頗高，「上酒菜。」

七情大師含笑看著這一老一少，他似乎完全沒聽到兩人的對話，只對著一局殘棋，在苦思破解之法。

菜餚端了上來，果然風味絕佳。

「好酒！好菜！」王小石禁不住讚道，「聽說負責師叔膳食的是一位天下名廚，而今一嘗，果是人間美味！」

諸葛先生笑了：「尤食髓妙手烹飪，天下聞名。你要不要見見這罕世名廚。」隨即拍了三下手掌。

不消片刻，便有一個瘦子行出來，雖是長得一張馬臉，嘴大顴削，但舉止之間甚有氣派。

諸葛先生向他引介王小石，尤食髓笑道：「王公子，請多指點，這道『炮牂淳母』，算是我愛燒的、先生愛吃的終生名菜，你不妨試嘗一嘗。」

王小石一聽，心頭一震。

（——「終生名菜」！）

（也就是說，尤食髓就是傅宗書在諸葛先生身邊所伏下的「臥底」！尤食髓既然說了這句「終生名菜」，就表示說：「五馬恙」和「藕粉」都已經下了，就在諸葛先生身前的酒菜裡！）

王小石心裡忖思，口裡卻說：「我那四位師兄呢？」

諸葛先生慈靄的道：「他們在外邊替我護法，要不要我召他們進來跟你引見引見？」

王小石忙道：「既然他們有事在身，待會兒再一一拜見又何妨！」

諸葛先生含笑端詳了王小石片刻，忽道：「你有心事？」

王小石一笑：「誰沒有心事！」

諸葛先生白眉一揚：「你身上有殺氣。」

「殺氣分兩種：一種是殺人，一種是爲人所殺；」王小石反問：「不知我現在身上的是哪一種？」

「兩種都有；」諸葛先生目露神光，「殺人和被殺。」

「剛才我殺過人來，但殺不著。」王小石面不改容。

「殺氣仍未消散，」諸葛先生問：「你待會兒還要殺人？」

王小石只覺手心發冷，但神色不變：「是。」

就在這時，忽見兩人電馳而至，急若星飛。

一個年輕人，慓悍冷峻；一名中年人，落拓瀟脫。

諸葛先生即向王小石道：「他們是崔略商和冷凌棄，是我三徒和四徒，江湖人稱追命和冷血。他們如此匆急趕來，必有要事。我先且不跟你們引介。」

王小石「哦」了一聲，目光大詫。

那落拓的中年漢子，急掠而來，呼息絲毫不亂，一揖便道：「世叔，外面有魯書一、燕詩二、顧鐵三、趙畫四藉故挑釁，揚言要闖進來找世叔，大師兄和二師兄正攔住他們，爭持不下。」

諸葛先生銀眉一聳，道，「他們都是蔡太師的心腹，如此鬧事，必有原故。你們快去助鐵手和無情，我稍過片刻便出來應付他們。」

追命一拱手，道：「是。」這時冷血才向王小石迎面趕到，叫了一聲：「世叔。」他們雖是諸葛先生的徒兒，但都稱之爲「世叔」；諸葛先生待他們，既有師徒之義，亦有父子之情，不過，他一向都因有隱衷，只許他們以「世叔」相稱。

「哦？」王小石忽問：「我們見過。」

諸葛先生正待引介，王小石忙道：「兩位有事，就不叨擾了。」

諸葛先生便道：「待辦完事你們才好好聚聚吧！」

手一揮，追命、冷血二人，領命而去。

諸葛先生再飲一盃酒，不慌不忙地說：「蔡太師和傅丞相的人，跟神侯府的人一向有些誤會，常生事端，請勿介懷……這，也許就是二師兄不肯出道多惹煩惱之故吧！對了，你適才不是說還要去殺人的嗎？」

他含笑問：「不知殺的是誰？」

王小石看著他，嘴裡遽然迸出了一個字：

「你！」

◇◇◇

「你」字出口，他已拔刀、出劍！

五　變變變變變變變……

魯書一、燕詩二、顧鐵三、趙畫四一齊出現在「神侯府」前，不顧御前帶刀侍衛副統領舒無戲的力阻，要進見諸葛先生。

舒無戲堅持不讓他們闖入：「就算你們要拜見諸葛先生，至少也得讓我先行通報一聲。」

魯書一道：「我們有急事，通報費時。」他位居「六合青龍」之首，堂堂鬚眉男子，說話竟是女子聲音。

舒無戲道：「就算你們是來拿人，也得先交出海捕公文。」

「拿人?誰要拿諸葛先生!」燕詩二哂然道：「我們乃奉丞相之命，有事緊急通報諸葛先生，這不是比那門子的海捕公文更重大!你要是妨礙了我們，後果自負!」

這時，一人以手自推木轎椅而出，道：「到底是什麼事?」他身後跟著一名威武大漢。

舒無戲一看，見是無情和鐵手來了，知道縱有天大的事，這兩人也承得上肩膀，登時放了人半個心，把事情向無情鐵手道分明。

無情聽罷便道：「到底是什麼要事？為何這般急著要見先生？」

趙畫四哈哈笑道：「諸葛先生是縮頭烏龜不成，躲在裡面不肯見人麼！」

鐵手臉色一沉，無情也臉色發寒。

魯書一假意叱道：「老四，你可別口沒遮攔，丞相和先生相交莫逆，你這把不長牙的嘴別替相爺開罪了朋友！」

魯書一這般一說，無情和鐵手倒不好發作，鐵手道：「有什麼事，先告訴我們也一樣。世叔正在見客，諸位稍待片刻可好？」

燕詩二冷笑道：「我們有的是要緊的事，要是出了事，你們可擔待得起！」

無情也不禁有氣，「是什麼事，我還倒想聽聽，四位儘說無妨。」

趙畫四又是哈哈一笑：「我們就是不要說予你們這些小輩聽。」

燕詩二冷笑道：「我們是非要見諸葛先生不可。」

趙畫四哈哈笑道：「若有人阻攔，我們衝進去也無妨。」

鐵手再也按捺不住：「四位真的要亂闖神侯府，那也休怪我鐵某人粗魯無文了。」

這時，冷血和追命也聞風趕至，舒無戲知道冷血性情剛猛，連忙把兩人拉到一旁，說了情形，並要冷血追命先行走報諸葛先生，以行定奪。

魯書一卻又叱喝道：「老二，老四，這是什麼地方，豈容你們出言無狀！得罪兩位神捕大爺，萬一私仇公了，你們可是一輩子都睡不安寢、食不知味了！」

這幾句話，說得諷刺入骨，偏又不好發作。

無情只道：「我們不是不讓四位馬上進去，只是國有國法，家有家規；你們既未事先約好，又未投帖，未免過於倉卒。我們若拜會丞相大人，當亦不敢不守禮節；至於神侯府，也不是沒教養的所在，不是阿狗阿貓胡言亂道一番都可以混進來的。」

這番話，倒是聽得趙畫四和燕詩二臉色變了，魯書一卻在一旁做好做歹的道：「說的好，說的好，只不過，我們此來，為的不是我們自家的事，而是你家的事。你們卻不急，我們還急死才怪呢！」

這樣一說，倒是緩了下來，不急於求見。

如此一急一緩，一張一馳，倒令鐵手、無情好生不解。

這時，追命、冷血已得到諸葛先生的指示，趕了出來。

追命即道：「我們已通報世叔，因席間有客人在，他請各位稍候片刻，即行接見。」

「有客人在？」魯書一故意問：「那是位什麼客人？」

「一位稀客。」追命答等於不答。

「可是腰間繫一把似刀似劍、不刀不劍的利器的年輕人？」魯書一追問。

「正是……」追命話未說完，已聽到府內傳出一聲慘嚎。

——諸葛先生的聲音。

「糟了！」魯書一不分悲喜的叫了一聲。

冷血、追命、鐵手、無情、舒無戲，全都變了臉色。

——府裡發生什麼事了!?

——那年輕人是個什麼樣的客人!?

◇◇◇

客人有分好幾種：有的客人好，有的客人壞，有的客人受歡迎，有的客人不受歡迎。

有的是稀客，有的是顧客，有的過門是客，有的是不速之客。

——但刺客能不能算是「客人」？

◇◇◇◇◇◇

無情、鐵手、追命、冷血神思未定，一人已飛掠而出。

正是那名腰繫如刀似劍的青年人。

他衣已沾血。

他神色張惶。

他手上提了個包袱，包袱絹布正不斷的滲出鮮血！

這時，魯書一正說道：「不好了，我們正要趕來通知諸葛先生的是：我們接到密報，有一名腰佩可刀可劍利器的青年，今夜要行刺諸葛先生……」

冷血怒吼一聲。

他迎了上去。

以他的劍。

但他一拔劍，那披髮戴花的燕詩二就立即拔劍。

劍光一出，金燦奪目，由於太過眩眼，誰也看不清楚他手中之劍是長是短、是銳是鈍、甚至是何形狀！

相形之下，冷血的劍，只是一把鐵劍，完全失色。

燕詩二一面出劍，一面叱喝：「你幹嗎要向我動手！」

兩人各搶攻三劍，又攻七劍，再互攻五劍；兩人衣衫都滲出了血跡，但仍無一劍自守。

◇◇◇

四大名捕裡，追命的輕功最好。

王小石飛掠而出，急若飛星，他已長身而起，要在半空截擊王小石。

那頭戴面譜的趙畫四卻更先一步，一腳飛踢追命，一面喝道：「你敢暗算！」

追命迴腿接過一腳，對方卻連攻十七八腳，追命腿若旋風，如舞雙棍，格過這一輪急攻，但王小石早已逸出圍牆……

◇◇◇

王小石正要翻出圍牆，無情一振腕，兩道神箭疾地激射而出！

可是就在神箭激射的剎那，兩張書頁，飛旋而至，正切在箭身上！

書紙是輕的、軟的。

但現在飛切而至的書頁卻比任何淬厲的暗器更銳利。

書頁一到了魯書一手中，就成了利器。

他揚手發出書頁，邊還咆哮道：「還敢對我們放暗器！」

同一剎間，鐵手和一直雙手環抱、默不作聲的顧鐵三已兩人四手交換了一招，然後都退了一步，身子晃了一晃。

就這麼一阻之下，王小石已逃出「神侯府」。

只有舒無戲沒有去追。

他在諸葛先生發出慘嚎的一剎間，已返身往內掠撲。

他要察看到底發生了什麼事。

此際，他驚恐已極的聲音在寒月下清清晰晰的傳了過來：「天啊！諸葛先生給人殺了！……快捉拿刺客！」

四大名捕　聽，神色灰敗，如著雷殛，登時無法戀戰，追命和鐵手，循王小石逃逸的路向急追而去，無情和冷血則急回撲神侯府。

魯書一、燕詩二、顧鐵三則各對望一眼，那是一種「我們成功了」的慶幸之色。

半個時辰後，鐵手和顧鐵三各自在不同的地方，哇地吐了一口血；剛才在「神侯府」前那一戰，他們兩人動手最少，只交手一招，但戰情最是激烈。

王小石急奔「我魚殿」。

他身上還帶著傷。

傷口的血正滲透著衣衫。

他手上的包袱還淌著血。

斷頭的血染紅了雪地，一行滴到了「我魚殿」。

「王小石提著諸葛先生的人頭回來。」

「王小石得手了。」

「王小石回來了。」

……

消息一個接一個，一次比一次更精確，更緊密。

在「我魚殿」裡等候消息的傅宗書一聽，饒是他平日沉著幹練、喜怒莫測，此際也不免喜溢於色：

——殺死諸葛先生這等頭號大敵，畢竟是件大事。

他一面傳令：「快傳。」另向左右兩座「門神」和龍八吩咐道：「王小石膽敢狙殺諸葛神侯，待我驗明後，就給我當場格殺！」

龍八和兩門神均恭聲應道：「是！」當即發話叫刀斧手暗中準備。

語音才落，王小石已如一支箭般竄入大殿；在冬夜裡，他額上隱然有汗，衣衫盡濕。

王小石一入大殿，便問：「太師何在？」

傅宗書反問：「諸葛的人頭呢？」

王小石疾道：「請太師來，我立即獻上。」

傅宗書道：「宮裡臨時有事，聖上已召太師密議，一時三刻，不能回來；太師要我先驗察首級，明日才予你犒賞。」

王小石一跺足：「他不能來了？」

傅宗書道：「我來不也是一樣！」

「不一樣。」王小石嘆道：「但也只好這樣了！」

他把包袱扔向傅宗書。

龍八一手接過，打開一看，燭光映照下，赫然竟是一名馬臉高顴漢子，還張開血盆大口、像要撲人而噬。

——那是尤食髓的人頭！

傅宗書變色。

王小石已出刀。

他一刀斫傷了正要拔出金鞭的「門神」。

王小石同時出劍。
他一劍刺傷了正要揚鞭的「門神」執鞭的手。
同一刹，他猱身撲向傅宗書。
傅宗書比他更快，迎面一拳，咯的一聲，王小石鼻骨碎裂。
傅宗書變招更速，一腳踹在王小石左脅上，嘞的一陣脆響，至少有三根肋骨斷在這一腳下。
傅宗書鐵袖反捲，把王小石連刀帶劍飛捲出去。
接著他發出一聲斷喝：「亂刀分屍！」
然後他返身掠向內殿。
——蔡太師就在內殿「忘魚閣」裡等他的消息。
——太師才不會在「我魚殿」去面對一名「殺人犯」。
——而今「必殺諸葛」行動有變，應當立即通知太師才行……
王小石已給他擊退。
王小石已爲他所傷。
傅宗書身形甫動，倏然，飛跌中的王小石在半空奇蹟般猛一挺身，「噗」的一響，一枚飛石，已迎面打到！

傅宗書怔了一怔。

在這一刹裡，他只想到：

（王小石已受了傷！）

（這只不過是一小塊石子！）

（自己練的「琵琶神功」，可以刀槍不入！）

（龍八額上也捱過一顆石子，也不過是栽了個觔斗而已！）

（怕什麼？）

（……）

往後他已不能再想下去。

那枚石子，來得奇急，而且十分突然，他避不及，也閃不開，但若真要全身騰挪，也可以避重就輕，讓石子擊在別的地方，他自己至多在地上翻幾翻、滾幾滾、撞上些椅子、桌子和手下而已！

傅宗書不想自己在手下面前顯得那麼狼狽。

他已運聚「琵琶神功」，要以鐵砧般的臉來硬接這一枚石子。

可是他錯了。

他不知道王小石在半天前，故意施以一石只傷而殺不了龍八，便是為了要使他作出錯誤的判斷，也沒料到王小石拚著捱他一拳一腳雙袖，來使他掉以輕心，才發出這一顆石子。

這一顆石子，已是王小石畢生功力所聚。

◇◇◇

「卟」的一聲，石子穿入傅宗書前額，像打破一粒蛋殼似的，自後腦那兒貫飛而出。

◇◇◇

王小石一招得手，已藉傅宗書雙袖飛捲之力，掠出「我魚殿」。

龍八驚駭莫已，連忙扶住傅宗書徐徐倒下的身軀，睚眥欲裂，怪叫起來。

那兩座「門神」，以及一干侍衛，拔刀亮劍，挺槍搭箭，猛追王小石。

王小石半瞬不留。

他斷了骨頭，但還有骨氣。

他流了熱血，但還有血氣。

他殺不了首惡蔡京，但終於誅殺了另一大惡傅宗書。

他已得手。

他已甘心。

他現在唯一要做的事是：逃亡。

◇◇◇

王小石開始了他的逃亡歲月。

六 逃——逃——逃——逃——逃——逃——逃——

逃亡的感覺是：你不甘心受到傷害，但偏偏隨時都會受到傷害，而且任何人都可以輕易傷害到你。

◇◇◇

逃亡不是好玩的。

王小石聽過戚少商（詳見「四大名捕」故事之《逆水寒》）說過他逃亡的故事：如果能夠不逃亡，寧願戰死，也不要逃亡。一旦逃亡，就要失去自己，忘了自己，沒有了自己。——試想，人在世間，已當不成了一個「人」，他還能做什麼？

可是此際王小石不得不逃亡。

因爲他殺了傅宗書。

傅宗書乃因仗蔡京之蔭而起，充其量不過是「蔡黨」的一個傀儡，他受任拜相為期也極短，且因巴結獻諛於蔡京，作惡無數，為人鄙薄，日後正史裡不見有載這一位「短命宰相」，稗官野史也大多只輕提略述。——可是不管怎麼說，王小石所殺的確是當朝宰相。

傅宗書一死，蔡京一黨大受打擊，唯趙佶仍對蔡京戀戀不捨，是以蔡氏父子，手上仍握有重權，也很快的便由蔡京再任宰相，重掌大局；不過，在這人事浮沉變動的短時間裡，暴徵苛政，緩得一緩，諸葛一黨和朝廷正義之士，得以略展抱負，使天下百姓受濟者眾，雖只是曇花一現，但無疑能替窳敗時局保留一線生機。

這不能不說是王小石之功。

——王小石倒戈一擊之功。

——王小石那一顆石子功勞。

當然，蔡京一黨也因此絕不會放過王小石的。

蔡京決心要將王小石追殺萬里、挫骨揚灰。

他自有佈置。

◇◇◇

（王小石呢？）

（他現在唯一要做的事是：逃：：）

◇◇◇

逃才能不亡。

爲了不亡而逃！

是爲「逃亡」。

◇◇◇

王小石殺了傅宗書的事，很快就遍傳天下；有的人說王小石大膽，有的人說王小石好膽，但幾乎人人都認爲王小石膽子雖大，性命難保。

性命難保是一回事，但人生裡總有些事，是殺了頭都得要做的。——至少對王小石而言，這就是明知不可爲但義所當爲的事，要是重活一次、從頭來過，他還是會再做一次的。

而且，至少到現在，他還沒死。

他還沒死，他只在逃。

他逃出京師，逃到洛陽，逃到揚州，逃過黑龍江，逃到吐魯蕃，買舟出海，隱姓埋名，逃上高山，逃入深谷，如是者逃了三年。

整整三年。

三年歲月不尋常。

光陰荏苒，就算十年也只是彈指而過，但在逃之中的一千個日子裡，風聲鶴喉，杯弓蛇影，吃盡苦中苦，尚有苦上苦，那種歲月不是人過的。

更不是未曾逃亡過的人所能想像的。

——爲了「不露痕跡」，就連一身絕藝，也不敢施展。

——爲了「忍辱負重」，空有絕世之才，卻受宵小之輩恣意折辱訕笑。

——爲了「真人不露相」，以至天下雖大，無可容身，栖栖惶惶、席不暇煖。

就這樣空負大志、忍侮偷生的活了三年。

——這是爲了什麼？

這都不過是王小石自找的。

——是他手上一顆石子所惹的禍。

是他一念之間所做下的事。

對一個在逃亡的人而言：逃亡本身還不是最苦的，究竟何時才能結束這無涯的逃亡歲月、恢復一個自由自在之身呢？這答案可能永不出現，這才是逃亡最令人絕望之處。

這使得受盡風霜的王小石，作下了一個決定。

——返京！

——要看一個人是不是人材，最好是觀察他倒霉的時候：是不是仍奮發向上？是不是仍持志不懈？是不是在落難時仍然有氣勢、有氣派、有氣度、有氣節？

失敗正是考驗英雄的最好時機。

王小石雖然因爲危機四伏，不敢再像以前率性而爲、任俠而行，但在他浪跡天涯的三載春秋裡：他還是去了不少地方、學了不少事情、做了不少功德、結識了不少江湖上的英雄豪傑。

英雄莫問出處，要交真心朋友，正是應在一無所有時。這時候所交的朋友，多半都可以共患難、同闖蕩的；至少，你沒權我沒勢的，除了以心相交，彼此都一無所圖。

王小石幾乎每逃到一個地方，他都在那兒建立了他的友誼，增長了他的識見，以及擴大了他自己的關係。

——這難保不是王小石日後的「本錢」。

所以，有人曾問過：要是王小石不逃亡，他會是怎麼一個樣子？

答案很可能是一句話：

英雄都是在折磨歷難中熬出來的。

人在危難中，有一件事是切切要避免的：那就是不可以懷憂喪志。人在成就裡，不妨杞人憂天；但在生死關頭裡，卻不可灰心喪志。

王小石既然要逃，就不放棄。

——不肯放棄他的生命。

——他的生命是他的。

他要活下去。

要活下去就得要堅強、堅定、堅忍、堅持。

他記得諸葛先生一見著他，就問過他類似的問題，他也肯定的作了答覆：

——大凡人爲之事，無論爭強鬥勝，遊戲賭博，必有規矩，無規矩不成方圓。有規矩法則必有打破規矩法則的方法和人。

——不破不立，是庸材也。能破只能稱雄，要能立才能成大器。人要可破可立才能算人傑，而到最後還是回到無破無立，這才是圓融的境地，同時也自成一個規矩，直至其他的人來打破這個規矩。

——有時候，要部署殺局，少不免要用一兩子衝鋒陷陣，聲東擊西，去吸引敵方注意，才能伏下妙著。

——棋局裡有極高明的一著，那就是到了重大關頭，不惜棄子。

——真正的大移大動，大起大落，反而是極靜的，一如星移斗轉、日昇月落，無不在動，但卻能令人恍然未覺。

——驚雷總要在無聲處聽得，好詩總要在刀叢裡尋覓。

——江湖後浪逐前浪，武林新葉摧落葉；小成小敗，不成器局，死了喪了敗了亡了，也沒人知、無人曉。對一些人而言，寧願一生匆匆也不願淡淡，即使從笑由人到罵由人至笑罵由人，只要率性而爲、大痛大快，則又如何！

——棋局裡的一些妙著、伏子，開始下子時往往不知其爲何，直至走了數步，或走數十著後，甚至在著緊關頭之際，才會見出妙用來。

——持正衛道，跟一切無法無天的盜寇對敵，那是「公敵」，而不是個人的「私敵」。爲天下對敵者可敬，爲私利對敵者可鄙。「公敵」通常也是老百姓的「頭號大敵」，也即是「天敵」——這才是不易收拾，不好對付的大敵。

——因爲敵人厲害，所以結果非大成即大敗，成者遺澤萬民，敗者屍骨無存，故而敵對之過程，愈發可歌可泣、可敬可羨！

——在江湖上，做人要做得相當堅強才能當得成人；在武林中，早已變成友無摯友、敵無死敵，甚至敵友不分，敵就是友，友就是敵。可是，當一個人的可貴，便在於他是不是歷經波瀾幾經折磨之後還是一個人——或許，我眼中無敵，所以我「無敵」。

諸葛先生一見面就問了王小石那麼多的話，等知道王小石確有決心並勇於承擔之後，他才會默許王小石這樣行動的。

在這之前，王小石確未曾見過諸葛先生，甚至也未與他通過消息。

如此，蔡京和傅宗書才會相信王小石確會手刃諸葛先生。

因而，蔡京、傅宗書才沒料到王小石要殺的是他們兩人！

所以，王小石才會「得手」。

——他只「得」了半「手」：他只殺了傅宗書。

他初見諸葛先生之際，已不及也不便說其他的話了；在兩人之間，只有一見如故的信任和默契。

當時，尤食髓就在帳後，要是諸葛先生把他斥退，他必會向蔡黨發出「事有蹊蹺」的警示：要是直言，則教此人聽去，早有防範，更是不妥。

這件事其實從來沒有變過。

王小石上京來，因爲自度志大才高，有意要闖蕩江湖，一展抱負，但他卻不一定要有千秋名、萬世功，只想試一試。不試一試，總會有些憾恨。

可是對於蔡京一黨弄權誤國、專恣殃民，他一早就十分激憤、不齒。

他是非分明，但一向並不愛惡強烈。

他與蘇夢枕、白愁飛結義，引爲相知，一旦「金風細雨樓」大局已定，他自覺再留在樓裡，難免會與白愁飛相爭，且蘇夢枕亦有些作爲使他無法苟同，爲免事端，他便離開紅樓，專醫跌打並治奇難雜症，順便連白愁飛一向經營的字畫店，也包攬了過來幹他的賣畫醫病的生涯。

十分自得其樂。

但當蔡京動用了傅宗書、天下第七、八大刀王還有「六合青龍」之四，前來威迫利誘，要他非殺諸葛不可，反而激起他的一個念頭：

——殺蔡京！

——除一大害！

——要是能殺蔡京，自己雖死無憾。

——就算殺不了蔡京，至少可阻止蔡京暗殺諸葛先生的陰謀，那也是一樁好事。

——要是殺不了蔡京，能殺得了傅宗書，也算是不枉了。

是以，他將計就計，決殺蔡京。

王小石絕非昏昧之輩：

他很清楚，真正欺上瞞下、隻手遮天、懷奸植黨、鎮壓良民的人，是蔡京而不是諸葛先生。

他很明白，真正險詐驕橫、空疏矯僞、顚倒是非、無法無天的，也是蔡京一黨而非諸葛先生的人。

——不殺蔡京，朝政日非，一切興革，無從著手。

——蔡京大權在握，是以挾天子以令諸侯；蔡京口才便給，足令人爲他兩脅插刀而在所不辭；蔡京書藝高妙、廣結人緣，手上有無數心腹，在朝在野，唯一可以節制他的人，就只有諸葛先生。

——殺了諸葛，蔡京就可以恣意而行、目空一切了！

諸葛先生一向爲民除害，鞠躬盡瘁，爲保忠良，數遭罷黜。有他在的一日，還能爲窳敗朝政，保住一口元氣；他力阻蔡京暗圖篡登極位之野心，又力諫君王履行詔述遺志，所以常兩面不討好。他的四位徒弟，除暴安良、平寇扶正，但他們的大敵往往就是當朝權貴和土豪劣紳，有時處身於法理衝突、情義矛盾的兩難處，受到朝官責難，遭到百姓埋怨，但他們仍力撐危局、力挽狂瀾，以良知行事、以良心行道。

——諸葛先生和四大名捕要是喪命了，蔡京豈不是可以橫行金鑾殿？天下豈不變了蔡京的了？

——更何況諸葛先生還是王小石的師叔！

所以王小石已一早決定：

不殺諸葛。

殺蔡京！

七　不幸中之不幸？大幸中的大幸？

大凡世上能功成名就者，絕少有笨人。

蔡京絕不是笨人。

他要不是絕頂聰明，也不可能長期篡居大位、位極人臣、朋黨天下、翻雲覆雨了。

他知道王小石未必對他忠心。

甚至也未必真心。

他派人跟蹤王小石。

他先派趙畫四和葉棋五緊躡王小石之後，看他有什麼異動——一有異動，先殺王小石；若無異動，俟王小石殺了諸葛先生後，一樣也會殺了王小石。

——既然是王小石殺諸葛先生，蔡京還假意派人來通知諸葛先生，只是守門的四大名捕堅拒美意，後果自負；而諸葛之死，也變成是他們「自門」門內自相殘殺的事了。

到頭來，若是皇上追究起來，最多也不過是往另一個「自在門」的高手：元十三限身上一推，不就了事。

蔡京聰明。

王小石可也不笨。

他苦無辦法通知諸葛先生。

他也不能告訴他的朋友。

——所以無論方恨少還是唐寶牛，張炭或是溫柔，都不知道他心裡有甚麼打算。

蔡京為了加強王小石對諸葛先生和四大名捕的厭惡與仇恨，他下令早已潛伏在「迷天七聖盟」當臥底的朱小腰和顏鶴髮，故意引王小石一眾人等去瓦子巷。

——瓦子巷裡早已排好了戲，只等王小石一來就上場。

所以有「四大名捕」強徵暴斂的事。

——那賣帽的「老闆」，其實就是傅宗書身邊的兩座「門神」之一；這就是為甚麼王小石後來一見其中一座「門神」，就覺得眼熟。

蔡京還是低估了王小石過目不忘的本領。

——其中一名抬轎的「僮子」，就是另一名「門神」，因為當時在瓦子巷裡他曾吆喝了幾句，是以王小石一聽他的聲音，就覺得有點耳熟。

蔡京也輕視了王小石入耳不忘的功夫。

當時，在轎中的「無情」，是葉棋五扮的；他故意當眾「收紅」、「抽行頭」，並出言侮辱溫柔，存心與王小石結怨，並在半途的雪地上暗算王小石；他是有意殺死唐寶牛、張炭或溫柔，讓王小石悲憤若狂，必親殺諸葛和四大名捕方能甘心。

除了葉棋五在轎內施放暗器，還有趙畫四以梅花施暗襲，當時，王小石和天衣有縫，已盡力搶救，但眼看還是棋差一著之際，卻有人放出飛箭破去葉、趙的暗器。

王小石當時曾經仔細觀察過受到暗狙的現場：

施放神箭及時援助的人是乘輪車而至的。

車輪在雪地上留下微痕。

於是王小石作出了判斷：

——這才是真正的四大名捕之首：無情！

無情的暗器不是靠內力發射，而是仗賴精巧強勁的彈簧機括，所以發出來的勁道雖厲，但與內力發射的暗器是略有不同的。

至於梅花，則是趙畫四發的；他的輕功高明但內力卻不如何，一旦以飛花施暗襲，內息微亂，攻敵之際，便總共震落了十五朵梅花。

王小石在愁石齋前的石板街，看過追命和鐵手兩人要請張炭回衙一行時所留下的痕印：鐵手內力極高，下足過重，連石板都爲之凹陷留痕，宛如鐵鐫。追命則長於輕功，踏花無損其艷——如果來的是鐵手，梅枝必折；來的若是追命，梅花不落。

——更不可能會是冷血。

——冷血能拚，輕功卻是不高。

那分明便是蔡京手下的人，故意使王小石以爲是四大名捕向他下毒手。

這種做法已不止一次，也不只針對王小石，當日在「發黨花府」，任勞任怨對群雄下毒，也用的是四大名捕的名義，後終讓王小石無意間揭破，那其實是白愁飛主使的陰謀。

居心之毒，可想而知！

恰巧，那時際，張炭因偷盜了鐵手和追命的「吞魚集」，而遭兩人追索。原來，蔡京等人在城裡暗自收攬王小石的行動，精明幹練的四大名捕亦有覺察，只是他們並不知道王小石就是天衣居士的徒弟，也就是他們的同門師弟。

鐵手與追命有意把張炭「請」了回來，而王小石過來要人時，冷血便有意一試王小石的武功。

四人之中，冷血血氣方剛，比較沉不住氣，便是他一力要「稱稱王小石的斤兩」。追命與鐵手覺得這也不妨，此事一直瞞著他們的大師兄無情。

是以，冷血與王小石一戰之中，王小石終仍在三十招內不出刀劍，但也撒出石塊，冷血並不計較「石子是不是武器」，放了張炭——其實不管成敗，他只要和王小石一戰，並無意要留難張炭。

這一戰反而使王小石暗自驚心：

冷血已是四大名捕之末，武功尚且如此之高，要是自己真的要去行刺諸葛先生，四大名捕一旦聯手，豈不是應合了江湖上那句：「四大名捕，天下無阻；四人聯手，邪魔無路。」自己絕無勝機！

——（幸好自己橫看豎看，都不似是邪魔。）

——自己一直沒有機會向諸葛先生說出原委，要是諸葛先生真以為自己蓄意行刺，單止派出四大名捕，就夠不易應付了！

王小石暗自惕懼，在與冷血一戰之後，只猛看手中掌紋，試圖在相法中預知自己的凶吉安危，故令張炭大惑不解。

等到進入神侯府後，王小石一見諸葛先生，就感覺到這個人情練達的前輩，早已看出他的來意，並且絕對信任他的誠意；在七次問答之中，雙方坦誠相對，既無輩份之隔，亦無敵友之虞；兩人都神會意傳、肝膽相照。

後來，冷血與追命進來之際，冷血還向王小石做了一個鬼臉。

——像冷血這樣一位冷峻的青年，居然向王小石做鬼臉，無疑讓王小石很是詫異。

所以王小石「哦」了一聲。

可是王小石畢竟是聰明人。——在詫異之外，他也很快的體悟了冷血的用意。

——我們是友，非敵。

——你的用意我明白。

——我們支持你。

諸葛先生已用他門內特殊的聯絡方法，通知了他四個徒兒，一切佯作不知、將計就計，不妨照樣與「六合青龍」的人起衝突，以助王小石計劃得成。

諸葛先生唯一擔心的是：

王小石是不是承擔得起後果？

——無論事成與否，後果都十分嚴重。

王小石的回答令諸葛先生滿意。

他覺得自己應該放心和放手，讓這年輕人去做這樣了不起的一件事。

於是王小石不殺諸葛。

他殺了尤食髓。

——尤食髓正是尤知味的哥哥。

——在「逆水寒」一案裡，名廚尤知味出賣息大娘，與四大名捕中的鐵手結怨，後來尤知味身死，尤食髓自然要爲兄報仇，他原爲蔡京司廚，是以轉而至神侯府臥底。

王小石砍下了尤食髓的頭顱，情況緊急，他已不及與諸葛先生解說原委。

他疾離神侯府。

四大名捕假意大亂、佯作要追——要是真的追趕，四大名捕也未必真的截不住王小石的。

這一來，魯書一、燕詩二、顧鐵三、趙畫四反而要留在神侯府附近探察局勢，爲傅相爺和蔡太師諉罪圓謊，王小石趁此趕至「我魚殿」——敵人以爲自己得利大捷之際，正是防守最弱、最易疏失之際。

當年，「六分半堂」的雷損就是利用這一點反撲「金風細雨樓」的。

這一點，王小石自然深記。

但他也沒有忘記：「金風細雨樓」也反利用這一點，反制「六分半堂」。

——成敗殊難預料。

——生死卻未可知。

無論如何，都得一試。

在這之前，傅宗書曾下令要他在孔雀樓狙殺諸葛先生，他就斷定諸葛決不會在樓上。

——要是諸葛先生在孔雀樓上，傅宗書就絕不會在那兒：一，諸葛先生和傅宗書一向道不同不相爲謀，傅設的宴諸葛未必會去，諸葛的邀約傅更不一定會到。二，傅宗書絕不會蠢到在叫人刺殺諸葛之際，自己竟會在當場，如此豈不是瓜田李下自暴居心。三，傅宗書既請刺客狙襲諸葛先生，自己當然不會在現場，以免「殃及池魚」。

以傅宗書的地位，根本不必冒這種險。

所以王小石料定那一役只不過是個試驗。

故此他也全力以赴——不如此就絕不會派他行刺；但他在發出石子時留了力。

他所留的才是他必殺的一擊。

傅宗書見王小石果然賣命，於是便放心讓他去刺殺諸葛。

王小石算定自己如果「得手」，蔡京或傅宗書必予以接見——主要是強仇已了，不免喜極忘形，而且還須驗明大敵正身，這正是他動手的大好時機！

只不過，蔡京仍是審慎過人；他去見王小石，一因是他自己主動找王小石，之前無人得悉；二因他帶去的高手如雲，根本不怕有人鬧事，所以才會親自出馬。——一旦王小石提出「殺了諸葛要見他」的意思，他就反而不出來了。

——讓傅宗書去驗察人頭就好了。

——有險不妨讓人去冒。

有功不妨自己來領。

這是蔡京一向以來的做人原則。

所以，王小石才「得」了半「手」。

——如果蔡京也在，王小石是否能夠也殺得了他呢？

——如要是殺得了蔡京，還殺不殺得了傅宗書？

——若是殺了蔡京，王小石又逃不逃得出「我魚殿」呢？

這些答案，誰也不知。

幸與不幸，都是指已發生了的事情。

沒有發生的事，誰也不知會是幸或不幸，不幸中之大幸，大幸中之不幸，不幸中之不幸，大幸中之大幸！

蔡京設給他一個局。

他破了局。

蔡京原擬利用他而除去一名政敵，結果，反而失去了手上一名大將。

八　夕照。棧橋。波瀾。人影

進時容易退時難。

——這是用來形容一入江湖深似海的話。

◇◇◇

曾經上過京、威風過、入過江湖的王小石，時常念起在京的那段歲月。

——溫柔還溫柔嗎？

——雷純還純不純？

——張炭還黑似炭否？

——唐寶牛沒改牛脾氣？

——方恨少還會不會書到用時方恨少？

他想到心都亂了。

也心都疼了。

他想起結義大哥蘇夢枕：他的病怎麼了？他的傷好了沒？幸好自己已在行動之前，表明已跟「金風細雨樓」一刀兩斷，恩盡義絕了，因而，照理是不會連累蘇大哥的吧？

另者，傅宗書暴斃，蔡京如失右臂，諸葛先生跟四大名捕格外提防，白愁飛與任勞、任怨殘害京城武林同道一事，也激起各門各派的義憤，一起聯合同氣，蔡京一夥顧忌頗多，招安及鏟除京城各幫各會的事，一時不敢冒然進行。

王小石擔心的反而是：

白愁飛野心太大，殺性太強，他會不會對蘇大哥不利？蘇大哥又容不容得下白二哥？

這些，王小石雖然煩憂，但並不想參與。

他想逃避。

——他覺得自己是「金風細雨樓」的逃兵。

——他已沒有資格去過問「金風細雨樓」的事。

他以爲自己此生永遠也不會再入武林。

他唯一不放棄的是：每天不是對著日起日落、就是隨著月昇月沉，練他的劍，和習他的刀，風雨不改，陰晴不變。

——任何武功，都得要練出來的。

練武雖不是他爭權達成野心的手段，但絕對是他的興趣，一個人把一種「鍛煉」當作一種「興趣」，一定會有所成，只看成就高低而已。

——沒有家底和背景的人，能夠崛起和冒升的方法，只有靠才能。

——才能是要勤奮努力和淋灕發揮才能有才有能的。

一個真正有志氣的人，在最沒有希望的關頭，仍然不改其志。一個真正不平凡的人，就算想要平平凡凡的過一生，但總會有不凡際遇。

◇◇◇

三年之後，王小石又回到了京城。

◇◇◇

王小石回到京城的原因有四：

一，他父親和姊姊的慘死。

王小石自小爲天衣居士撫養成人。他的父親叫王天六，外號「金寶大俠」，只在千山與萬山之間的老龍溝一帶，有點薄名。

王天六開的是鏢局，替人保金子元寶，倒是命福兩大，沒失過手，也沒動過手。他總共替人走金票廿四次，走一次怕一次，未走前失眠，到埗後胃痛，到中年之後，有點小儲蓄，就索性關鏢局、辦布莊，洗手不幹，倒也落得平安。

王天六武功平平，早年也想在江湖上揚名立萬，闖過兩年江湖，見武林中風大雨大、浪高濤高，還是收心養性，回家的好。

他原本把王小石托交天衣居士，爲的是跟這飽學之士學文。他根本不知天衣居士會武，而且武功之高，是他畢生連做夢都夢不出來。

當時王天六仍在走鏢，怕有閃失，連累家人，其時王母因病而歿，他便把王小石交給天衣居士帶回「白鬚園」撫養。

王小石還有一個姊姊，略識武功。

後來，王天六知道兒子也有習武，頗不以爲然。他也並不知道兒子的武功有多高——他以爲至多不過像他一樣，再練也練不出甚麼名堂。

王小石要赴京師，王天六也並不反對，他認為兒子不妨闖蕩闖蕩，長長見識，最好在京城裡能結識些達官貴人，日後能提攜他飛黃騰達。

在京城的歲月裡，王小石從未提及他的家世。

更未向人提起他的家人。

王天六在武林中，也藉藉無名、沒人注意。

所以，當王小石進行反刺殺計劃時，並不擔心家人的安危。

但在行刺之後，他即趕返老龍溝。

他覺得還是把老父家姊接走較為安全。

他並不惶急。

他深信：無論官府再怎麼查，能查到他的家底時他已趕返千山，屆時早已把家人送到安全的地方了。

他行動雖快，但一路上為了要逃避追捕，無論如何，也有諸多耽擱。

挨到了千山老龍溝時，已是三個月後的事。

「美羅布莊」只剩下一堆瓦礫。

——據救火的隔籬鄰舍說：約在兩個月前的一個夜晚，布莊神祕起火，裡面的人都跑不出來，等到大火撲滅過後，人們發現布莊裡有兩具屍首：一男一女。

王小石悲不能抑、痛不欲生。

他沒想到自己的所作所爲，竟會牽累家人。

他也更沒料到：官方的行動竟會如此之快！

——他們是怎麼查到自己身世的!?

對於這一點，王小石大惑不解。

他要找出到底是誰透露自己的身世和究竟是誰下的毒手——要查出這兩點，必須重回京城。

二，他仍時常念起蘇夢枕、白愁飛、溫柔、雷純、方恨少、唐寶牛、張炭、何小河這一干好朋友。

他們過去的所作所爲，真像是一場真實的荒唐夢。王小石回想起來，仍不勝依依：彷彿他們曾合力推動了光陰和歲月，再貯放在記憶裡永遠保持鮮美。真的，那是他們將太陽升起、把月亮變圓；大家在一起的時候，日子再難過也是快樂的，而且，年紀再大也彷彿尙未成年。

——哎！心情絕不可以輸給追憶啊！

王小石心底裡常有這樣子的喟息。

這樣子的追憶。

想到回到記憶裡，先得要回到記憶發生的地方，和記憶裡的人在一起，那麼，記憶才不是過去的記憶，而成了日後的回憶。

京城彷彿變成了一個遙遠的呼聲，日日夜夜、朝朝暮暮的在王小石咫尺間低喚。

三，逃了這麼些年，王小石倦了。

追擊依然。

追捕持續。

王小石已厭倦流浪。

所有能躲的地方，他都躲過了；他想要回到京城——這是他唯一還沒躲過的地方，也是官府絕沒想到他膽敢再回來的地方。

世上最安全的地方，就是最危險的所在——這句話不一定對。或許，把價值最高的畫就掛在牆上，不識貨的笨賊或許真會給瞞過去，但你若是到戰場去打仗，就未必真的能活著回來。

不過，大隱隱於市，至少，蔡京沒想到王小石會回來——他還敢回來!?

這一路來，有些時候，明明是遇上難以解決的危境，但不是有江湖道上的好漢義助，就是官方對自己的行蹤似是視而不見。王小石知道那是自己曾在「發黨花府」對群雄有救命之恩，而諸葛先生和四大名捕亦暗中請託各路捕役手上留情所致——只不過，他殺的是當朝丞相，誰都不敢明目張膽的來支持他而已。

再說，近日來追緝風聲也大爲減弱。

蔡京很忙。

——就算他是忙著作威作福，忙著玩，忙著害人，也是在忙。

至於蔡黨的人並沒有什麼爲傅宗書報仇的心意。傅宗書一向不願施恩於人。蔡黨的人也認爲人在人情在、人死兩還淸，何必爲一個已死去的人多費心力！

就爲了這三個理由，王小石偷偷的潛了回來。

◇◇◇

他一回到京城，就入瓦子巷。

他馬上就受到京城群雄，尤其是「發夢二黨」的熱烈歡迎。

——他們的命是他救的。

——他們矢志要維護王小石。

這次重返京師，王小石改名爲王大痴。

他不想再出道。

他只想待在京城一角，聽聽蘇大哥的消息，暗中查訪殺父之仇，如果可能，也想看看溫柔、見見唐寶牛他們。

另外還有一個希冀，那也是他回京師來的第四個理由：

——他重返「白鬚園」時，天衣居士已不在那兒。

——師父一直沒有回來。

——師父去了哪裡？

——他是聽到自己行刺的消息，趕來京城？還是出了甚麼意外，遭了毒手？

這使得王小石終於下了回京的決心。

這次回京，跟四年前，王小石賣馬赴京，心情竟是大不相同。

當年他但覺金風細細，煙雨迷迷，眼前萬里江山，甚麼都阻不了他闖蕩江湖的雄心豪情，就連春雨樓頭、曉風殘月裡的簫聲，他也覺得是一種憂悒的美。

而今，人依舊，煙雨依舊，心情卻不一樣了。

夕照、棧橋、波瀾、人影，莫不是一種凄然。

他仍帶著那柄劍。

有一段時候，他在京城裡十分風光，那時候，佩劍上街，是不必掩飾的。

而今，他的劍（刀）當然是用布帛重重裹住，閃閃躲躲，見不得光，就跟四年前他初來時一樣。

而他也從只懂得夢想的男子變成了只有一些夢想的漢子。

◇◇◇

到了京城，他才聽說這些日子以來，京城武林發生了驚天動地的大事。

這些事都跟王小石攸關。

——與王小石的師父天衣居士，更是生死相關。

稿於一九八九年一月十日

細讀謝志榮「魔劍幻影」對近作之評介／中央日報刊出「我和她和狗」／聯合報發表「掃出來的輿」

校於一九九一年二月廿五日二次轉返金龍園探母病危

第二篇　小限

這故事是告訴我們：

越是高明的人物，越會犯平常人所犯的毛病。正如下越大的賭注，越是輸不起一樣。高人也是人，高手也一樣會失手。

以不變應萬變，以億變對千變。只要抓住敵人的性情，就等於洞透了對方的優點和弱點。

笑和哭，只代表這個人有感情，但並不代表他沒有骨氣。好漢一樣可以狂歌痛哭。

第一章　以萬變應不變

一　佈局

刺殺傅宗書的那一夜，王小石一出「神侯府」，諸葛先生即行召集冷血追命鐵手無情聚議。

「我看，」諸葛先生推測，「王小石志在刺殺蔡京或傅宗書，當時事出匆然，已不及分說。」

冷血道：「我跟他交過手，他武功很是不錯，但傅宗書、蔡京身邊有『六合青龍』、『八大刀王』、天下第七、任勞任怨、『一爺一將二門神』還有『鐵樹開花，指掌雙絕』，王小石是不易得手的。」

追命道：「不過，『六合青龍』至少有四人還留在附近打探消息，『八大刀王』和『鐵樹開花』一向跟隨『翻手爲雲覆手雨』的方小侯爺，任勞任怨則是朱刑總的左右手，不見得全都在蔡、傅二人身邊形影不離的。」

鐵手問：「現在我們該怎麼辦？」

「讓人真以為我死了；」諸葛先生道：「穩住那四條青龍再說。」

果然，不久旋即傳來傅宗書遭刺殺的消息。

鐵手又請示諸葛：「我們該如何配合王小石？」

「動用暗裡的力量，使他能平安逃出京師再說；」諸葛先生道，「傅相遇刺，全城沸盪，朝廷必有傳言此事是蔡京所為，蔡黨一定設法止痛療傷，招兵買馬，重新佈置殺局。對於這點，你們有什麼意見？」

無情道：「蔡京本意是安排王小石刺殺世叔您的。」

諸葛先生知道無情向不輕易說話，每言必有深意，便點頭道：「但王小石卻殺了傅宗書。」

無情說：「他一定將錯就錯，面聖進讒，說世叔教唆門內王小石行刺當朝宰相。」

鐵手馬上就明白了無情的意思：「由於王小石在行刺傅宗書之前，確是從神侯府出去的，有此鐵證，加上蔡京播弄，主上可能真的會怪罪下來。」

諸葛先生白眉一展，道：「所以，你的意思是……」

無情的容神白得像花之魂、月之芒、雪之魂、玉之魄：「先下手為強。」

傅宗書遇刺之際，蔡京就在「忘魚閣」裡，離「我魚殿」僅數十步之遙。

天下第七和葉棋五、齊文六就守候在他身邊。

那時候，他正跟一個神容俊朗、濃眉星目、臉如冠玉、談笑自若的青年交談。

蔡京問：「在蘇夢枕直赴『六分半堂』與雷損決一死戰一役裡，雷損也把你請過去『六分半堂』？」

那少年人有些靦腆似的答：「是。」

蔡京再問：「可是，在那一役裡，你出手一劍，幫的卻不是雷損，而是蘇夢枕。」

那少年正是「神通侯」方應看，他答：「是。」

蔡京問他：「爲甚麼？」

方應看答：「因爲義父曾經吩咐過：京城裡有三大幫會，互相牽制，其中『迷天七聖盟』作惡多端，『六分半堂』也不幹好事，只有『金風細雨樓』有點俠骨義風，要我儘量保住他們一口元氣。」

蔡京卻問：「當時，朱月明也去了，他是偏幫『六分半堂』的吧？」

方應看答：「是。」不必要時，他在蔡京面前，絕不多說一字。他臉上一直維持著一個相當清朗稚氣的微笑。

蔡京追問：「可是雷損炸棺假死，當時，只有你躍空升高、目睹一切，明知有詐，卻未向蘇夢枕示警，是不是有這件事？」

方應看答：「是。」

蔡京即問：「何解？」

方應看臉上有一種未脫稚氣的成熟：「義父只囑我保住蘇夢枕一口元氣，雷損殺他，我自然出手攔阻，但雷損要逃，爲保中立，我亦不便道破。」

蔡京笑問：「因爲你覺得：近日京城裡的『迷天七聖盟』已潰不成氣局，『金風細雨樓』與『六分半堂』互相牽制，反而是好事；你無意要促成其中之一坐大，是也不是？」

方應看答：「是。」

蔡京又問：「不過，待雷損率眾全力反撲『金風細雨樓』之際，你卻送了一面屏風給蘇夢枕，裡面卻藏了個雷媚，是否有此事？」

方應看答：「那是雷損著人把我派去送賀禮的人制住，中途掉了包。」

蔡京再問一次：「所以雷媚並不是你送去的？」

方應看這次答：「不是。」

蔡京目光閃動：「但是，雷媚聽說卻是你的紅粉知音？」

方應看微詫，但他仍是答：「是。」

蔡京又問了下去：「雷損派了雷媚伏殺蘇夢枕，可是雷媚卻在重要關頭倒戈相向，反而殺了雷損，這……你可在事先知情？」

方應看眼裡已流露出欽佩之色：「雷媚刺殺雷損，是因爲懷恨雷損；雷損既殺了她的父親雷震雷，又奪去『六分半堂』的一切，還迫她當了他見不得光的情婦；而且，雷媚早已爲蘇夢枕的重用，成爲『金風細雨樓』裡的『四大神煞』之郭東神。這些事，我原先只略知一二，但在雷媚刺殺雷損之前，我並不知情。」

「那好，」蔡京的態度緩和了下來，在他心裡，倒是對眼前這年輕人極爲賞識，極望能收爲己用——如果一旦能用方應看，就等於也收攬了他的義父方巨俠入自己麾下：有方巨俠這等絕世武功，何愁諸葛先生諸如此類的人物！「現在，京城裡又回復『金風細雨樓』與『六分半堂』爭雄的局面，你有甚麼看法？」

「外表看來，『金風細雨樓』佔盡上風，『六分半堂』似給打得回不了手。事實上，暗潮洶湧，『六分半堂』根基依然穩固，他們隨時可以結合江南『霹靂堂』雷門的實力，跟『金風細雨樓』一爭天下。只不過，不同的是：以前是蘇夢枕與雷損龍爭虎鬥，可是雷死蘇病重，現在爭雄鬥勝的是白愁飛和狄飛驚了。」方應看有條不紊、侃侃而談，臉上依然掛著討人喜歡的微笑：「更應注意的是：關七也還沒死。據悉『迷天七聖盟』正重新整合勢力，要在京城裡一爭天下！」

蔡京點頭道：「所以，京裡的幫派，而今還是『金風細雨樓』、『六分半堂』、『迷天七聖盟』三分天下？」

方應看點頭道：「正是。」

蔡京忽然用一種特別溫和的口吻道：「可是，三十年前，武林各門各派，都尊令尊為首，按理說來，你理所當然是這一代的武林至尊才是。這種雄心，你不是沒有的吧？」

方應看心頭一慄，他的眼色由敬意迅而轉為懼意，只答：「應看身感朝廷恩厚，只願為國效力，以報太師知遇，怎敢再涉足江湖是非、武林恩怨！」

「那也不然，」蔡京的笑意裡有無盡的精明與驕矜：「把這些踔厲武勇一身絕藝的豪傑之士，引入軍中，為國效力，也是美事。」

言罷微笑不語。

方應看沉吟良久，微帶笑意，似在回味蔡京的話。

這時候，一級帶刀侍衛「一爺」急報：傅宗書遇刺，刺客王小石。

蔡京下令全力且全面追捕王小石之後，心裡也確茫然了一陣，痛失臂助，而且居然看錯了王小石，即使蔡京心裡惕省，心頭也很不痛快。

他卻問方應看：「這件事，你有甚麼看法？」

「不管這刺客是不是諸葛先生派來的，」方應看說，「他是負責戍守京畿皇廷的，都有疏失之罪。」

蔡京問他：「你的意思是……」

「恕在下直言，傅相爺遇刺，在朝在野，最大得利者顯然是諸葛。」方應看知道自己該把話說明；就算像蔡京這樣聰明的人早已明白他的暗示，但正因為他這樣聰明所以自己更要說箇分明：「相爺與太師是知交，相爺既遭不幸，太師說什麼也不能讓兇手逍遙法外，更不能任由殺害相爺的敵人痛快自在！」

蔡京撫鬚微笑，徐徐離席，走到欄旁，笑看一株寒梅，只悠悠的說：「諸葛與我，也是好友；故友相殘，同根互煎，教人奈何！噫！」

方應看心裡罵了一句：老狐狸。外表不動聲色，以不便留在此地打擾太師處理公務為由，即行辭別。

方應看一去，蔡京即行召見龍八入閣密議。

龍八急急來到，一入閣，即叩跪，再三請罪，痛斥自己保護相爺不力。

蔡京並不追究，只問明刺殺情形，龍八一一稟報後，即行請教：「太師，您看這事兒……」

蔡京沉聲道：「咱們還是小覷了王小石，倒教諸葛正我得逞了。難怪王小石的字寫得浮遊不定，神光閃爍，原來，他是在與我們虛應事故！」

龍八又問：「現在該如何對應呢？」

「全面緝拿王小石歸案；要活的——活的才能連諸葛老兒一併打殺。」蔡京不徐不疾的道，「此外，明日你隨我入宮，在聖上面前，好好告那老不死一狀！」

龍八一聽，反而覺得傅宗書一死，太師更加重用自己，心頭暗喜，恭聲應道：「是。」

蔡京負手走了幾步，忽道：「還有一事。」

龍八忙道：「太師吩咐。」

「諸葛這樣做也好，反而能迫出那一號人物……」蔡京沉沉自語，然後吩咐道：「明晚你去請動一個人。」

龍八有點驚疑不定地問：「太師說的是……」

「元十三限。」蔡京道。

他負著手、微蹙著眉、心中不無感慨。傅宗書一死，接下來要佈署的事可多了：要重新再佈殺局，與諸葛再決高低。他也正好利用這事件和這件事，狠狠的給政敵一次致命的打擊。其實，傅宗書死了也好，這些日子以來，他一手培植他起來，可是眼見他勢力逐漸坐大，不好控制，而他武功又高，更不易收拾，最近，居然還偷偷練字，分明是要討好聖上，居心不良，而今，教人殺了也好，正好可使自己重新秉政，再攬實權。聖上是絕不會罷黜他的；沒有了他，趙佶可也當皇帝當得不牢靠哩。諸葛教人殺了傅宗書，正好可藉此再逼出元十三限，因爲傅宗書曾拜元十三限爲師，諸葛先生的人殺了傅宗書，無疑如同向元十三限下戰書……當然，要元十三限跟諸葛正我拚命，還得先找出一個「引子」——

蔡京想起了天衣居士。

二 和局

次日清晨，諸葛先生再三堅求面聖，皇帝趙佶雖然極之討厭諸葛，覺得他古板拘泥、諸多節制，但因諸葛曾數度救過他性命，保住大位，加上諸葛先生央服侍天子起居生活的米公公說項，所以趙佶還是在下午起床之後勉強的接見了他。

諸葛先生率先稟明昨夜傅宗書遇刺一事。

趙佶自然是勃然大怒。

諸葛先生道明刺客曾先到神侯府行刺他，但失敗而退。諸葛先生表明曾聽刺客露出主謀人乃太師蔡京。

——這招叫做「以毒攻毒」。

——又叫「以其人之道還治其身」。

趙佶聽得恚怒莫名，連叫反了。蔡京跟傅宗書雖早已勾結、同屬一黨，但一向昏庸，只顧玩樂的皇帝趙佶並不知情，他只知因群情洶湧，主黜蔡京，只好虛應事故，要蔡京的相位讓賢；蔡京暗中調度，使傅宗書拜相，兩人聲息互通、沆瀣一氣，但在皇帝面前，卻故顯清高，時故意對小事各持己見、爭辯不休，表示兩不相干，只為國相忍。

這舉措甚得趙佶欣賞，常讚「蔡卿氣量過人」，其實蔡傅二人，只是唱戲一般，只瞞得了這昏昧皇帝便算。

故此，趙佶反而以為傅宗書向與蔡京不和，自己能使他們兩人和諸葛先生互重謀國，更見英明；而今一聽諸葛所奏，似實有其事，真以為蔡京容不下傅宗書，想買一兇殺二人，不禁龍顏大怒。

於是他傳召蔡京，當面質問。

蔡京一聽，先在自己右臂割了一道血口，著人包紮，然後才匆赴皇宮。

他才入宮，已知諸葛先生先他來過，他心知不妙。

他一看趙佶面色，就知皇帝疑他七分，當下先行跪叩請罪，叩得額角紅腫老大的一塊，自然痛得聲淚俱下，一面表示要神武皇上「降罪」，一面要英明聖上「明察」。

趙佶見他如此，可見他還不敢太橫妄放肆，眼中確有他這個皇帝，於是問明他犯的是什麼「罪」？要「察」什麼事？

蔡京立即表明傅宗書之死，他要負責。

趙佶倒是覺得詫異，問他何解？

蔡京半怨半嗔的說：他和傅宗書二人，相忍相敬，向以國事爲重，但見有人倚老賣老、持寵生驕、居心叵測、黨同伐異，擔心會危及聖上，所以便私下召攬豪傑之士，來暗中保護皇上，不料有眼無珠，錯識宵小，那刺客早爲諸葛收買，先行刺殺傅相，更要進而狙殺他，他還著了一刀，幸能保住老命，尚能繼續爲皇上效命。

這下趙佶可爲難了，蔡京說是諸葛幹的，諸葛說是蔡京做的，正是公說公有理，婆說婆有理，依趙佶看：兩個都像，兩個也都不像；可是他心中呵護蔡京，再看蔡京傷處，血猶泊泊滲出，趙佶自覺精明，明察秋毫，至少蔡京真箇是受了傷，爲保護自己而擔驚受害，實在是忠心可感。

當下他又斥退蔡京，不過十日，再賜封賞，如此一來，浮沉起落，都由他一手翻覆，正可謂天威難測；趙佶對自己的英明手段，不禁十分得意。

處理了此事，他已大感傷神，正該恣意作樂一番，以不虛渡苦短人生。

諸葛先生面聖啓奏罷，退了出來之後，會合了守候的冷血與追命，先行去拜會米公公米蒼穹；至於鐵手與無情，早就分別去通知黑白兩道中他們論得起交情的友好，對王小石的逃亡，或助一臂、或放一馬。

米公公則是皇帝趙佶跟前最信任和最受寵的內監，無論宮廷上下，還是朝廷將官，都對他十分敬重。

是以諸葛先生向他虛心請教：「傅相遇刺，聞說太師頗爲震怒，公公知人深矣、目光如炬，不知對這件事有何真知灼見？」

「我？老咯！哪有什麼見解！」米公公搖手擺腦的說，「不過，丞相之位，是蔡太師一向戀棧不忘的，也是勢在必得的；反而對宮廷之外各幫各派一攬麾下之計，近日難免會暫時擱置吧！」

諸葛先生連忙稱謝。

米公公的看法實與諸葛先生不謀而合。

三人在離開皇宮回神侯府的路上，冷血四有惑處，便有問於追命：「蔡京確是派王小石前來行弒世叔，但傅宗書遇刺，絕非蔡京之意，世叔卻何以說是蔡京叫人下的手呢？這樣豈不成全了蔡京或傅宗書的美名？」

追命笑了：「此言差矣！傅宗書和蔡京名譽如何，後世史家自有評議。世叔若不這樣說，蔡京便會先進讒言，說是世叔派人狙殺傅相：這就叫『以子之矛攻子之盾』，料敵機先。」

他拍了拍冷血岩石般的肩膊，又道：「世叔這招，是先行打亂蔡京的步策。對付惡人，如果事事講禮，那只有節節敗退；對付小人，如果事事講理，也只有步步失策了。世事有時不防以不變應萬變，有時也不防以萬變應不變。」

冷血仍有點不以爲然：「可是，那也是瞞騙皇上……欺君之罪啊！」

「當皇帝是只愛聽他自己想聽的話的時候，就無所謂欺君不欺君了；」追命小聲但正色的說，「有時爲了要達到目的，少不免要運用手段。」

冷血只沉吟的道：「只是，不擇手段後所達到的目的，是不是跟原來的目的有很大的分別呢？」

「沒有目的，就沒有手段；」追命用一種玩世不恭的語調說：「但沒有手段，往往也失去了目的。」

他微喟的說：「四師弟，人在亂世，難免要用點非常手段；只要心意是出乎於善，情義乃出乎於誠，也就不計較些什麼旁枝末節了。世叔是做大事的人，幹大事的人，自然需要非凡手段。

蔡京的手段更是一流的。

他剛自趙佶跟前告退，就去求教米公公。

「這件事，我確是受人冤誣；」蔡京一年裡總教人往米公公這兒送上金銀珠寶，數以萬計，但他在米公公面前，卻是隻字不提，而且神情甚謙、執禮甚恭：「不知公公有何高見？」

「高見？不敢當！」米公公呵呵笑道：「我只是個不管事也管不了事的內監，能管得了什麼事！不過，對方利用這招反撲，確是高明，唯今之計，最宜勿生枝節，先等風平浪靜，保持和局最好。待浪息波平，皇上天怒自收，屆時太師只要能把穩丞相大位，其他小事，還怕不能一如摧枯拉朽，一一收拾嗎！」

蔡京笑逐顏開，拜謝而去，未久，又命人送大禮於米公公，反正財寶取之於民，用之於己，慷他人之慨，多送多有，無需吝嗇。

三　亂局

古往今來，真正好的局面，定必都是和局。

以和爲貴，和氣生財，君子和而不同，在在都說明了「和」是快樂的源泉。

——不過，對一些人來說，和則無利可圖，亂倒可混水摸魚；亂世出梟雄，和平時世，反而無甚可爲。

◇◇◇

蔡京領「六合青龍」離去之後，米公公回到內宮住處，赫然正有「血劍神槍」方應看自酌相候。

米公公一面笑著賠罪，說是要勞侯爺久等，一面道出諸葛先生和蔡京互爭的一動一靜。

方應看聽得仔細，聽罷就帶笑的問：「依公公來看，現在的局面是不是由明爭轉入暗鬥？」

米公公一笑道：「反正明爭也好，暗鬥也好，這局面都對你我有利無害，大有可爲。現在是暫時的和局，難保不止是醞釀著日後的亂局。」

「這次似乎是蔡京吃了點小虧，」方應看審慎地道：「以蔡京的爲人，就會這樣算數嗎？」就算在謹慎的時候，他臉上笑意依然。

「當然不會，」米公公吃了一粒花生，喝一口酒，再吃一顆花生米，「不過，蔡京與傅宗書早已貌合神離，未必儘如人所料那麼配合無間。傅宗書亦非等閒之士，他善觀形察色，更長於掩藏鋒芒、擅於應變，蔡京並非庸手，心中有數。且觀蔡京爲人，多年以來，他們是落落大方、能容能用，故有不少有才之士，投他帳下，但真正爲他所重用的和大力提拔的，莫不是三流以下的人物！這些二、三流、甚至不入流的人物，囂張得勢，一味阿諛逢迎，善拍馬屁，本身且不要說骨氣，連志氣也欠奉得很，但際遇卻遠遠凌駕於才智之士之上，浮囂跋扈，橫行無忌，這正是蔡京辱殺真正才智之士的方法！蓋因才識之士，有日能與他爭長短，這些人全是廢物，永遠都贏不過他，他才放心樂用；這些人都爲了保自己地位而爲他賣命，勇於內鬥，擠兌能人，蔡京才能長保大位，永垂不朽。另一方面，又摶得肯提拔擢升部下之名，而又得到受他恩澤的人感激報答，真是好人當盡，壞事做盡。」

方應看聽了，一笑飲酒。

「不過，這種人物也有好處：他永遠懂得收買人心、照顧自己人；」米公公眯眯笑著，又吞了一粒花生，呷了一口酒，「到目前為止，我還算是他的自己人吧！」

「他們會因利而照顧自己人，也會因利而出賣自己人的；」方應看似還有顧慮，「依公公之見，蔡京確會另有異動的了。」

「反正，他越動，局面就越亂；局面越亂，對你一統武林、就越有好處；其實，他是在幫你，他忙他的，你隔山觀虎鬥就好，最多不過不時射一支冷箭、放一把大火而已！」米公公吃吃地笑著，又說：「蔡京當然不是善男信女，他表面唯唯諾諾，但我看他至少會去進行一事。」

方應看即問：「什麼事？」

米公公嚼著花生，眼眯得像一根橫著的針：「找一個人。」

方應看當然問下去：「什麼人？」

米公公用袖子抹嘴邊的殘沫：「元十三限。」

「像他那麼一個聰明人，」他說，「自然不會忘了在這時候起用這個不得了的人去對付諸葛先生。」

他又去挾了一顆花生粒，扔進嘴裡，嚼得卜卜作響：「我們且看這和局，能和到幾時？且看著這亂局，亂到幾時！」

方應看這回沉吟良久，才道：「可是，元十三限和諸葛先生份屬同門，會爲蔡京而自相殘殺嗎？」

米公公並沒有馬上回答他的問題。

他嚼著花生，卜卜有聲、津津有味。

方應看馬上爲他斟酒，臉上又浮現那略帶稚意、惹人喜歡的笑容。

「當年，韋青青青這武林異人，收了四個徒弟：首徒懶殘大師，神龍見首不見尾，雲遊四海，早已不知所蹤。懶殘大師原名葉哀禪，年少得志，青年當官，後辭官闖江湖，光大『自在門』，中年後看破紅塵，遁跡江湖，不問世事。二徒是天衣居士，因體質所限，無法練成絕世武功，但見識學養，戰陣韜略、六藝五經，無不卓絕。至於諸葛正我和元十三限，兩人都是文武雙全之士，只不過諸葛先生運氣較佳。神宗時期，諸葛先受到王安石的越次賞拔，與王韶策上平戎三策；旋又在哲宗時期與蘇氏三父子交好，並爲司馬光重用。司馬溫公卒後，舊黨幾遭排斥盡去，但諸葛先生因三度救過當今聖上，保駕有功；聖上再偏袒寵護蔡京，但也不致要罷黜諸葛，是以蔡京一直視諸葛爲眼中釘，但一因忌於當今天子，二因懼於諸葛先生武藝高強、精明警覺，三因諸葛手上四名愛將：四大名捕，在江湖上各有地位，在武林中也聲望顯赫，蔡京若冒然動手，萬一箇不討好，諸葛先生便大可趁機反撲——就像這次殺傳宗書的事一樣。」

米公公一口氣說到這裡，像說書似的，哼了幾聲，喝一口酒，又唉了幾聲，再呷一口酒，然後又扔一粒花生米入嘴裡，又送一口酒。

「也許便是因爲這樣，蔡京才急著要把開封府裡的武林人物，不是一網打盡，就是一舉收攬吧？所以他才會使白愁飛在『發黨花府』做出那樣子的傻事。這事一旦教人揭破，蔡京和白愁飛都碰了一鼻子灰，日後想要籠絡道上的好漢，談何容易！」方應看思慮的道，「或許也因爲如比，元十三限更加嫉恨諸葛先生吧？」

「便是如此。所謂同甘共苦，真是說的容易做的難。有時候，同患難雖已不易，但共富貴更難。糟就糟在元十三限，武功才智，無一在諸葛先生之下。他志大心高，原要報國效力，但在王安石越次入對、大權在握之際，他投效皇弟趙顥，而遭王安石棄而不用，只好投蔡確門下，甚不得志。俟司馬溫公拜相之時，報復新黨，他因受蔡確之累，被貶戎州。直至蔡京任相，因要節制諸葛，所以才調他回京，但又防他坐大，閒置不用。屢經磋砣，英雄已老，空負奇志，元十三限自然鬱憤不平。」米公公一邊吃花生一邊喝酒一邊追述往事：「諸葛先生其實也有顧念同門情誼，曾爲元十三限說項；但元十三限十分倨傲，雖懷才不遇，但絕不接受諸葛先生的援手。兩人因懷抱各異，又各事其主，曾數度交手，但許是元十三限較爲不幸吧，從來都沒有勝過一次——」

方應看眼神一亮，這樣看去，很有點像是一個聰明而淘氣的孩子：「所以元十三限恨諸葛先生入骨，誓要打倒諸葛洩忿？」

「據說他們還有些私怨；」米公公哼了幾聲，他甚至聞到自己體內散發出一種老人味——一個在老去的人身上才會出來的味道。他很不喜歡這種味道，這味道尤其在他喝了酒之後、疲乏了之後會更濃烈。可是他又極嗜飲酒，而人總是會疲倦的。「至於那是什麼積怨我就不曉得了。」

「可是，元十三限也是個聰明人，他會爲蔡京殺諸葛先生嗎？」方應看還是這個問題。

「本來不會——要是會，蔡京早就出動元十三限來殺諸葛先生了，何必要差王小石去？元十三限此人自視甚高，極爲倨傲，他對諸葛先生妒恨已極，直若深讎巨恨，但暗箭傷人之事，他還是未必肯幹。」米公公一面說著，一面在想：這年輕人聞著我身上的味道沒有？怎麼他看來一點感覺也沒有？究竟是少年沉著？還是反應遲鈍？還是怕我生氣佯作嗅不到？「不過，蔡京到這時際，一定會調出一個人來。」

「誰？」方應看問得快而慎重。

「天衣居士。」米公公道：「他們的二師兄。」

「天衣居士？」方應看重覆了一句，馬上就問：「天衣居士會爲這件事而出動嗎？」

「天衣居士生性淡泊，一般江湖恩怨，他都不肯插手，至於朝廷鬥爭，他更不會理會。只不過，蔡京絕不是個簡單的人。」米公公用一種彷彿在看一場好戲的奮悅說，「天衣居士，退出江湖已二十五年。廿五年前，蔡京還沒當上戶部尚書之前，早已安排好了一個人，一直照應著天衣居士——」

他笑笑又道：「要不然，怎可說隱居就隱居？你以爲真可以不食人間煙火，飲風吃雲嗎！天衣居士雖然不涉江湖是非，但他依然沉醉於琴棋詩書畫藝，喜愛花草樹木鳥魚，時有些發明，時作些風雅，住得舒適，活得悠閒，你以爲他真的是神仙？如不去搶劫偷盜，又不做事謀財，他哪裡可以過這般寫意生涯！」

方應看心裡一面驚震於蔡京的老謀深算，一面暗佩米公公的深聞博知，「公公的意思是：蔡京早在數十年前，已在天衣居士身邊伏了一人，以財力支持那人，成爲天衣居士的恩主——」

「那人也是很多身懷絕學之士的恩公——蔡京不方便做的事，他指使其他的人去做，有一天，他便利用這些關係來讓人對他報恩。」米公公揮不去自己身上發出的老人味，只好拚命喝酒，喝得自己都不大分得清究竟那是酒味還是老人味，心中才較寬和一些，「所以，蔡京手邊總是奸詐小人得道，但手下也不乏能人。」

方應看這回小心翼翼的問道：「負責天衣居士的人是誰？」

「多指橫刀七髮，」米公公瞇眼笑道：「笑看濤生雲滅。」

方應看這次不笑了，神色凝重了起來：「公公的意思是……其他五位也是……？」

「當世六大高手中，你就是『談笑袖手劍笑血，翻手爲雲覆手雨』的『神通侯』方應看，蔡京當然想要用你，但公子絕非他掌中之物；」米公公說著說著，語音忽然變得又尖又細，連他自己幾乎都不能辨別那是自己的聲音，使他覺得一陣慄然。這些日子以來，他常有這種情形，有時夢中乍醒，竟一直覺得自己是一頭怪獸，剛殺戮了許多人。他這種感覺，發生得愈來頻密，愈來愈明晰，愈來愈緊迫盯人，彷彿他身體裡有一頭可怕的獸，隨時要把他吞掉一般。「蔡京想把六大高手盡收囊中，他還沒那麼大的本領，不過，多指頭陀確是他的人。」

方應看微訝：「多指頭陀？五臺山的多指頭陀？」

（註：「多指橫刀七髮、笑看濤生雲滅」六大高手，請參閱八六年作品《殺楚》一書裡寫的「百袋紅袍、歐陽七髮」和「橫刀立馬、醉臥山崗」的顧佛影。）

「正是精通少林『多羅葉指』和『拈花指』，但卻能以五臺山正宗氣功『無法大法』施爲的多指頭陀。」米公公覺得他身體裡似有「另外一個人」替他說話：「這數十年來，照顧天衣居士起居飲食、無有不從，而又能不令他生疑的，除了這位多指頭陀，還能有誰！」

方應看微噫一聲。

過了半晌，他的笑容又回來了，像陽光映在水上一樣的浮了上來，極難得也極好看：「……天衣居士、元十三限、諸葛先生，還有『大開大闔三殘廢』與『四大名捕』；」他像是品評雅賞奇花異卉般的道，「要是還加上蠍殘大師和他的徒弟沈虎禪，那真有熱鬧可瞧了。」

「蠍殘大師失蹤已久，到底還在不在世上，仍然成謎。沈虎禪正與萬人敵及鐵劍將軍爲敵，現今是不是還活著，只有他自己知道；」米公公覺得「自己」又「回來」了，他大力的嚼著花生，來證實自己神智仍然清楚；只是當他精神稍微寧定時，那種該死的「老人味」又回來了。「這些年來，元十三限摒除一切雜念，苦創

『傷心神箭』，諸葛先生憂煩國事、將絕藝傾囊相授於四大名捕外，潛修『濃艷一槍』。元十三限曾三度找諸葛先生決鬥，但也敗了三次；近十年來，他們各練絕技，這一戰只怕得要不死不散。」

方應看笑了。他的笑容甚是燦爛好看。

「這樣說來，局面又要開始亂了？」

「對小侯爺您這樣的人傑而言，局面越亂越好。不亂又焉能顯示出你平定天下的能耐？要是不亂，小侯爺又怎能名正言順，再像方巨俠當年一樣，統領武林、君臨天下了！武林中已有許多年群龍無首了呀！」

「對。亂就是大有可為。平靜的局面是出不了英雄的。」方應看也笑著說：「蔡京雖然恣肆跋扈，但他是意圖偏安，才能維持他的專權；這樣不痛不快，那就太沒志氣了，不懂順流應世的人，就該下去。趙家天下，積弱已久、積怨已深、積重難返，公公與金元帥早有盟誓，若能裡應外合，他日蔡京的位子，就是您坐的了。」

「我倒不是貪圖權貴。小侯爺，你是深知的，我早年就給趙姓皇帝抓去閹割，一家大小，全死在黨錮之爭裡，所以不管對趙家還是新舊二黨，一無好感。」米公公覺得那隻奇異無比、龐大無匹的「野獸」又在心底裡悽吼了一聲，「這件事，小侯爺一向都是與我同一陣線的。否則，金主又何必派了大王營裡三大悍將：契丹、蒙古、女真族的高手來爲你執鞭掌轡？」

方應看忙道：「那是金主厚愛。」

米公公瞇著眼看他：「你的『血河神劍』練成怎樣？」

方應看答非所問：「義父始終不肯授我他的絕藝。」

米公公又問：「金主苦心暗中把他們的獨門『烏日神槍』的要訣授予你，卻不知練成怎樣？」

方應看微嘆了一聲。

這一回，他倒了喝了一口酒。

一小口。

然後回答。

「希望能真箇看到諸葛先生的『艷槍』，好長長見識。」

還是問非所答。

這時候，倒是米公公心中掠過一陣寒意：眼下這個他日尚還仗賴他成大事的年輕人，最可怕處就是不慍不躁、高深莫測。有時，他也弄不清楚：到底是自己在督導他，還是他在領導自己？

了。

他只知道：體內的那吼聲，是愈來愈大，愈來愈響，愈來愈近，愈來愈清晰

四　飯局

天衣居士養了一隻鳥。紅嘴、黑羽，聰明伶俐、活潑可愛，每天都會擬人聲音報上：「今天是正月初三……」如果是「過年」，牠還會說上幾句吉利的話兒；要是「中秋」，牠還會「吟」上一兩首有關月亮的詩。牠還會在每個時辰交接之際報時。

有時天衣居士心情不好，牠就唱歌；天衣居士沒胃口的時候，牠還會用有尖勾的啄子，挑桌上最好的飯菜，送到天衣居士嘴邊去。

天衣居士當然十分疼愛牠。

他至少養了三百三十三隻珍貴罕見的飛禽，其他走獸還不計其數，若連貓狗龜兔一起算，恐怕八輩子也算不清。

但他獨愛這隻鳥。

這隻鳥不愛跟別的動物在一起，清高而且孤僻，也不愛跟別的人在一起，牠只愛跟他在一起。

天衣居士覺得他倆之間很有緣。

這隻鳥名字就叫做：

「乖乖」。

有時牠閒來無事，也會叫自己的名字，但發音不準，叫成：

「怪怪」。

◇◇◇

說實在的，一隻那麼通人性的鳥，天衣居士喜歡之餘，也有點覺得「怪怪的」。

可是他是那麼喜歡牠，他們倆是那麼有緣，天衣居士自知一向興趣繁多，可謂玩物喪志、心不能專，也就不在乎再特別鍾愛「乖乖」一些了。

◇◇◇

天衣居士近月來心情不好，那是自從王小石要去京師展布身手之後，心情就沒有好過。

——大概是因爲寂寞吧？

天衣居士禁不住時常想起：有王小石在身邊時的熱鬧快活。

王小石是一個對什麼事情都以坦蕩的胸襟、快樂的心情去面對的人。

這樣子的人不但能令自己快活，也能令在他身邊的人感到快樂。

王小石走後，天衣居士的心情，就黯淡得多了。

這時候，他不禁有點後悔：

後悔當日沒有娶下織女。

——當年若娶了「一針見血，名動天河」的織女，現在就不會那麼寂寞無人管了吧？

「你喜愛高山流水、琴棋書畫多於喜歡我；」他記得當日織女這樣嗔怒的跟他說過，「其實你這種人，只愛你自己！」

當時，她就以「一針見血」的「密織急繡、亂針分屍」，即行把繡好的鴛鴦帕拆去一隻鴛鴦，擲還給他，佛然而去。

而今，那巾帕還在懷裡，大概那兒還兀自游著一隻孤獨的水鳥吧。——不知那一隻現在怎樣了？

這樣想著的時候，天衣居士又消沉了起來。

「乖乖」便過來輕啄著他的手背。

◇◇◇

天衣居士也沒料到自己竟會出門去。

而且還是重入江湖。

——去的竟然還是京都！

他原本準備在「白鬚園」終老。

本來，就算有人拿刀子架著他的脖了，他也絕不願再出江湖。

——其實根本不可能有人進得了「白鬚園」，因爲那兒他已把自己這些年來所修所創的機關陣勢，全佈置在那兒，就算是大師兄嬾殘大師親至，也未必能破得了。

除了王小石之外，世上只有一二人能來去無阻。

其中一個是因爲他讓對方來去自如。

他信任這個人。

這個人當然就是多指頭陀。

多指頭陀在當世高手裡是唯一能以五臺山禪宗氣功「無法大法」施爲少林絕技，除此之外，他的九隻指頭（非但不比人多指，反而比人少上一指），名動天下，任何樂器，不管再新再古，只要給他彈上片刻，不管它有沒學過，皆能成曲，且比浸淫多年在此樂器上的人更精更巧；有時候，他一人能彈出九十九人合奏時的繁複曲音來！

他也善弈。

更善抓魚。

急流之中，魚游其間，他能以空手拔下水中游魚的一片鱗而不沾其身；天衣居士的「樂魚齋」養魚無算，這些魚兒也難免偶爾得病，正需要多指頭陀這靈便的九隻手指。

多指頭陀這種種長處，都投合天衣居士的興味。

何況，這些年來，天衣居士得以潛修此地，怡然自適，起居飲食，全仗多指頭陀照顧，而且還照顧得無微不至。

他曾問過多指頭陀，何來的錢？

「廟裡的。」

多指頭陀主持一家「老子廟」，香火鼎盛。

「那是佛陀的香緣錢，我怎能挪用？罪過罪過！」

「布施給菩薩的錢，不就是施予眾生的嗎！」多指頭陀卻說，「居士是眾生裡的絕世人物，無異仙神，這些俗物若能為居士所不棄，才是本寺光榮，功德無量。」

於是多指頭陀繼續支持天衣居士起居生活所需所費。

日久之後，天衣居士也習以為常了。

他待多指頭陀為好朋友。

多指頭陀也別無所求。

直至這一天……

多指頭陀請天衣居士「吃飯」。

◇◇◇

「吃飯」，這一個很特殊的事情。

古人早有「民以食爲天」之說，甚至認爲：「夫禮之初，始諸飲食」；飲食不僅可快朵頤，還具「養生逆死，敬事鬼神上帝」之用。天子皇室以祭祀爲大事，連用以烹飪的鼎都當作是國家宗室的威儀。

古人便以牛、羊、豕爲「三牲」、祭祀或享宴時，天子才配三牲齊備，是稱「太牢」，諸侯只能殺牛羊，叫做「少牢」，一向以來，飲食都要遵規守矩、禮法森嚴，若非祭祀，諸侯還不可殺牛、大夫不可殺羊、士不可殺犬豕、庶人不可吃珍貴之物，壁壘分明，際分深嚴。

武林中人，當然並不嚴遵規律，但莫論朝廷、江湖還是武林中，「吃飯」——有時候也是一個很特別的名辭。

有人請你「吃飯」，通常不止是「吃一頓飯」而已，其中也包括了相聚、敘議、交際、應酬、甚至還會有籠絡、施恩、示好、談判、炫耀、試探……諸如此類、千奇百怪的「意圖」。

連你請人「吃」一頓「飯」，有時候也隱含了不少你自己都不一定「吃」得出來的「意圖」。

——這時候，「吃飯」就不再是「吃飯」了。

——吃這種「飯」，要比「辦事」還得要打省精神、如履薄冰。

所以，有些飯，吃的不是「飯」，而是人情；有些飯，十分「不好吃」；有些飯，是「不得不吃」；更有些飯，寧可自己吃糠，也不可以去吃。

當然，多指頭陀的「飯局」並不複雜。

他只請了兩個人。

他自己和天衣居士。

飯菜也很簡單。

吃的是齋。

不過，用意卻很不簡單。

——其實，世上最簡單的事情，細想深思都不甚簡單，譬如你喜歡一個人，或恨一個人，仔細分析簡簡單單的，那是多少因素造成的！

◇◇◇

飯局之後，天衣居士就離開「白鬚園」，再入江湖，直赴京師。

因爲他聽到了幾件事。

這些事件他無一能忍受：

——王小石殺了當朝宰相傅宗書，現在，黑白兩道、朝廷武林都要拿王小石歸案。

——元十三限唆使他的徒弟「天下第七」殺了「天衣有縫」，爲的是阻止他去追查當年「翻龍坡」那案件。

天衣居士只好立即啓程。

王小石是他的徒弟。

他唯一的徒弟。

他不忍心他會給人懸首城門。

——何況，他就當他是自己的親生兒子一樣。

「天衣有縫」是織女的兒子。

也是他唯一的兒子。

他對這個兒子從沒盡過做父親的責任。

——織女叫他做「天衣」，從他姓「許」，就表示對他從未忘情。

他又怎能讓兒子白死！

他要去責問元十三限，爲何不遵守當年的約誓！

如果這些都是別人告訴他的話，他容或還會再三考慮、謀而後動。

但這是多指頭陀告訴他的。

他信任多指頭陀。

事急，匆迫，他什麼也沒帶，什麼也不帶，只帶走了「乖乖」。

因爲他不捨得離開牠。

他一離開「白鬚園」，「老龍溝」的「美羅布莊」就失了火；是以，王小石重返千山，既見不到他的父親和姊姊，也找不到他的師父天衣居士。

五　入局

這時際，元十三限應邀出席太師的飯局。

飯菜上桌。

蔡京請他入局。

◇◇◇

按照元十三限的性情，一般的飯局，他也絕不出席，吃這種飯，喝這種酒，他真寧願不吃不喝，餓肚子算了。

可是太師有請，他不能不去。

主要是因爲：

無論怎麼說，他都欠了蔡京的一點情。

這些年來，他身懷絕藝，但從未得志過，要不是還有蔡京的照顧，他雖不致於餓死於途，但說不定就真的只好用自己的一身絕學，只能用在打家劫舍、殺人放火、幹沒本兒的買賣去了。

長期的不得意，使他壯志消磨、抱負成空，剩下的，也許不過一身傲骨和不服氣。

他覺得自己命蹇，一直都沒有出頭的機會；自己身懷絕技，但偏是不夠運，三次比拚，都輸了給諸葛一招半式；輸的不是武功，而是若非缺了天時，就是失了地利，要不然，就是少了人和！

皇上身邊，已選用了諸葛；小幫小派，他還看不在眼裡；小官小將，他也不屑投靠。——要不是還有蔡京賞識，恐怕偌大京師，竟無他元十三限的一席棲身之地！

蔡京是要重用他了，可是，聽太師說：幾次本待在聖上前舉薦他引兵抗金，但都遭諸葛先生從中作梗，所以才屢不見用。

元十三限一向寡言。

他只在心裡一千遍一萬遍的喊著：諸葛正我，你已走運走了大半輩子，好讓我也走幾步吧！你在當年搶走了我心愛的女子還不算，還這樣逼人於絕，有朝一日，讓我得遂青雲，看我怎樣收拾你！

開始的時候，元十三限還很執著於是非曲直，蔡京所作所為，他有許多都不同意；可是，經過數十年的失意閒置，加上蔡京蓄意顛倒黑白，元十三限也漸失去了持平之心，偶爾也作出一些偏激之行，於是便受到武林同道的鄙薄。

他心裡總想：我也想當俠者，我也想行俠道，我身手比人都好，但際遇比誰都差！想我行俠為俠，為何不在我入魔道之前拉我一把？如果能一朝得志，揚威天下，洗盡大半生寶劍鏽蝕，淪為魔道就魔道吧！誰對我好，我就對他好；誰對我壞，我就對他更壞！至於誰對誰錯，誰還理得！

所以，他甘心為蔡京所用。

不過，蔡京曾示意要他暗殺一些政敵、名將，元十三限是絕對不肯的。

就算要他狙殺諸葛先生，元十三限亦不願為。

——他要光明正大的打敗諸葛，證明他是最出色的，而不是鬼鬼祟祟的暗殺！

他一直為無法打敗三師兄諸葛正我而耿耿於懷，近來更苦練「傷心神箭」，以圖雪恥。諸葛先生幾次在皇帝面前替他爭得可以大展拳腳的官職，但若不是為他所拒，就是給蔡京從中破壞，兩人怨隙漸深。

其實，元十三限在江湖上已極負盛名，如果他放開胸懷，不事事與諸葛先生比較，理應覺得自豪才是。他的武功戰陣，放眼天下，能跟他一拚的人已寥寥無幾；他手上調教出來的武將、禁軍，莫不是在朝在野各享威名。況且，諸葛先生一面受蔡京一黨的擠兌，一面要承受天子的壓力；他同時想維護法紀，但又難以情義兼顧，爲朝廷效得了命，又失了江湖義氣；爲百姓請命時，又開罪了不少高官同僚，正可謂是有苦自己知。

至於三十七年前爲「布袋美女」小鏡姑娘所引起的誤會與恩怨，使元十三限含忿黯然而去，但諸葛先生也獨身終老，並未佔著便宜。

可是人在局裡，就算是絕頂聰明的人，也未必看得清楚。

——有時候，反而是越聰明的人越是看不清楚。

其實，每個人都有他自己的局，每個人都在局裡——誰又能把局裡局外，看得一清二楚？就算能清楚大局，又有誰人能左右大局，置身局外？

「飯局」裡還有其他跟元十三限相識（但未必熟悉）的將官和武林同道。

蔡京便在「飯局」裡告訴他一些事：

——丞相傅宗書遇刺身亡。

——行刺者是王小石。

——王小石是天衣居士的徒弟。

——刺殺傅宗書當然是由諸葛先生定計，由天衣居士派人執行：這便是諸葛先生與天衣居士聯手的第一步。

——三天前，天下第七遭天衣有縫的追殺，天下第七在迫不得已的情形下，已殺了許天衣。

——許天衣正是天衣居士的兒子。

——而天下第七和傅宗書都曾在元十三限手上學過武藝：天下第七學的是「仇極掌」和「恨極拳」，傅宗書也跟他學過「拳打腳踢一招二式」。雖然兩人學的並不多，元十三限也並沒有正式收他們爲徒，但好歹也可以說得上是元十三限的門下弟子。

蔡京也告訴元十三限：天衣居士已離開「白鬚園」，直撲京城。

他一到京師，就與諸葛先生會合，下一步，就是殺元十三限，再對付蔡京自己。

蔡京只把話說到這裡。

剩下的，他只例舉或出示這幾件事和這幾個事件的「鐵證」，以示他沒半句虛言，更沒一句誑語。

元十三限一直在聽。

他沒說什麼。

數十年來，他一直未曾得志過，但爲了不讓人看出他失意潦倒，所以一向古冠古服，儀容講究，就連臉上那一道長長的刀疤，也只更顯煞氣威嚴了，一點也不寒酸落拓。

他只靜靜的在聽，並沒有什麼劇烈的反應。

至多，只聽到輕微「卜」的一聲，也不知是什麼事物折斷了。

然後，就輪到座上的高手說話了：龍八太爺、「天盟」總舵主張初放、「武狀元」張步雷、「落英山莊」莊主葉博識、「鏢局王」王創魁、還有「風派」老大劉全我、「海派」老大言衷虛、「托派」老大黎井塘、「捧派」老大張顯然都「依次」、「及時」說話了：

「諸葛老兒實在是太目中無人了！太師，這這這可怎麼能忍啊！」

「天衣居士不是跟元大俠有約在先的嗎？怎麼沒招呼一聲就毀了諾，也太沒把元老哥您放在眼裡了吧！」

「傅相爺和天下第七，不是都曾受過元大俠的指點麼！王小石和天衣有縫到底是奉誰之命，老要找自己人的麻煩！」

「太師，我說這次哪，恐怕是『自在門』的恩怨可算到家邦社稷上面去了！」

「太可惡了，可惜我自度武功還跟諸葛老兒差一大截，否則，只要太師一點頭，我王某人立即拚老命去！」

「王兄，這你可多事了，論武功，有元大俠在，幾時才輪到你我呢！」

「幸好還有元大俠在，看諸葛小花還能飛上天！」

「……不過啊，任是元大俠武功蓋世，一旦天衣居士趕來與諸葛正我會合，可不是好對付的哦！」

「怕什麼！元大俠自有分數！」

就這樣一唱一和的說下去，元十三限始終沒說什麼，只是，在座有耳力好的，又聽到輕輕而悶悶的「卜」地一響。

末了，龍八在席上問蔡京：

「太師，這事您看如何料理，請吩咐一聲。」

「聽說，天衣居士已練成『破氣神功』，一身功力，都已回復了，他和諸葛先生聯手，定然天下無敵，——真除非是元卿和嬾殘大師一齊出手，否則，也難怪他們那麼氣焰高漲了。」蔡京只淡淡的道：「這是他們『自在門』的事，一切都要看元卿的了。」

說時，目光斜睨元十三限，嘴邊還牽了一抹微笑。

◇◇◇◇◇◇

諸葛、天衣……是你們一個迫人太甚，要我在京城裡抬不起顏面，一個毀約在先，居然已偷偷的練成了「破氣神功」！難怪了，原來你們已聯手對付我，好，我元某人還有一口氣在，怎容得你們如此辱我！我已一忍再忍了，好，事到如今，再忍就不是人！

元十三限整裝備馬，束髮戴冠，以決一死戰的心情，佩上了他的「箭」。

傷心小箭。

——使他傷心的箭。

——傷人心的箭。

◇◇◇◇◇◇◇

其實，今晚元十三限已受了兩次傷。

他傷的是心。

——一次是在他聽聞蔡京說諸葛先生如何囂張跋扈、得寸進尺之際，他拗斷了左手無名指，強烈的痛楚讓他強忍了下來。

——一次是在眾人七口八舌半諷半勸理應由他處理這兩個「欺君罔上」、「背信棄義」的同門時，他用手指捏斷了他左胸第七根脅骨，才勉強忍了下來。

這是因為多年來的不得志，才教他學會這種忍法。

也是因為多年來的不得意，他才會這樣忍法。

可是他現在已不再忍了。

——忍無可忍，就要殺人！

這時候，龍八有問於蔡京：

「太師，依您看，元十三限對此會不會袖手不理呢？」

「不會，」蔡京斷然的道：「毫無疑問的，元十三限是個身懷絕藝的高手。試看他們那一派的武功，凡是一門絕藝，只要授於他人，不管是不是門徒弟子，一經轉授，立即從本人身上消失，毋論功力如何高深、浸淫多少時間都一樣。可是，元十三限教了那麼多人那麼多絕招，但他的武功還是絕頂高強的。」

「只是，」他悠悠的又道，「他雖然是一個絕頂高手，不見得也絕頂聰明。說來可惜：他是一個極爲小氣的高手。」

「太師認爲他會出手？」

「他現在可能已經出發了，」蔡京說，「就不知道他要找天衣居士，還是諸葛先生。不過，不管他找誰，我們都準備好了。我既已有萬變以應他們之不變，也不怕他們以千變來攻我的萬變。任他們怎麼變，誰也逃不過我的五指山！」

「真可惜，」龍八扼腕的說，「這三人都是高手，卻不是不通世俗，就是不知好歹，要不然就是量狹氣隘，鬧得要自相殘殺。」

「自相殘殺？」蔡京微笑反問龍八：「你不是一直期盼諸葛先生和元十三限早些完蛋，好讓你展布所長的嗎！」

他的神情也沒什麼特別的，眼神也不算凌厲，但饒是當日雄視天下的文臣傅宗書，而今威鎮八面的武將龍八，都總覺得他每一眼都能盯進自己的心坎裡去。

◇◇◇

那一晚，因蔡京有令而出席飯局的一眾高手，不知怎的，都沒什麼胃口，而且都覺得寒氣逼人，只是在蔡京的面前，死硬撐著，不好意思讓牙齦打顫。

其實蔡京本人，連同內力深厚的龍八，也覺得寒意刺骨。

——自從元十三限一入席，他們就覺得一種迫人的陰寒。

元十三限臉上的神情，也寒傲似冰。

◇◇◇

凡是有元十三限在的地方，就會冷，而且寒。

連跟他在一起的人，久了之後也會發出侵人的寒氣：天下第七跟他學了一套「仇極掌」，日後凡他過處，就寒意迫人。

有次，連他自己也覺得這個冬季太過寒悚，於是教人升了爐炭火，但仍然森寒砭骨；他走出屋外，只見外頭早已是陽光普照、大地回春。

他才知道寒意是來自他的身上。

心頭。

六　危局

天衣居士是一路擔憂著往京城的方向前來的。

他先在洛陽找一個人。

一個多年的老友。

溫晚溫嵩陽。

◇◇◇

他已多年不出江湖，現在要重拾天涯路，少不免要去請教一些仍在道上呼風喚雨的朋友。

有些朋友，天衣居士不想去請託；有些朋友，根本也請託不上；有些朋友，天衣居士也絕不會當是「朋友」——他一向自視甚高，但又生性平和，所以才結廬深山、不問世事，自適自在便是福。

要找這樣子的朋友，他當然第一個就想到「大嵩陽手」溫晚。

溫晚並不訝異他的來臨。

——自從「天衣有縫」的死訊傳了開來，他就知道，至少有三個久已不涉足京師的人一定會按捺不住了：

第一個當然是天衣居士，因爲他知道許天衣是他的兒子。

第二個自然是「神針婆婆」，她就是當年名動天下的「織女」，她的兒子就是「天衣有縫」許天衣。

第三個是他自己。

——因爲「天衣有縫」是他的得力助手、也是他的愛將，甚至也是他心目中的愛婿。

他比誰都清楚，天衣有縫是深愛著自己那個寶貝刁蠻女兒溫柔的。

他可沒老。

他眼裡雪亮。

心裡分明。

——神針婆婆託他「照顧」許天衣，其實，是這孩子「照顧」了洛陽溫家才是。

——無論大小繁瑣事務，天衣有縫都打點得頭頭是道，無微不至，無不周到；許天衣絕對是他心目中的「乘龍快婿」。如果那刁蠻女能嫁了給他，自己都可以放心了。

也不知天衣有縫急不急，溫晚可代他急——天衣有縫老是把深情藏在心底，柔兒這急烈性兒可不解風情的啊。

是以，他決定要給天衣有縫「煽一煽風，撥一撥火」。

他表示要把女兒嫁給「洛陽天王」那寶貝兒子金大十。

這下可真非同小可，許天衣痛苦思慮一番之後，馬上採取「行動」，向溫柔表明一切。

這都落在溫晚眼裡。

——但也不知是溫柔不明白許天衣對她的心意，還是以爲溫晚真的要把她許配給金公子，她也立即採取了「行動」。

她逃婚去了。

一路逃到京城。

於是，溫晚派遣天衣有縫，把他的女兒追回來。

他知道以天衣有縫的輕功與身手，要追回溫柔決非難事，他還以爲自己這妙計，一舉兩得：到時候，這麼長的一段路程，小兩口子邊行邊作伴，還怕不日久生情？

他卻沒料到：以天衣有縫的純厚，以及溫柔的拗執，許天衣找到溫柔果不是難事，但要勸她回家可是難若登天。

何況，溫柔一進京就跟京城裡的恩怨情仇纏箇沒了，不是說走就能走、說去就可去的。

——在遣天衣有縫赴京找回溫柔的同時，溫晚和神針婆婆都要許天衣順便「明查暗訪」一下：當年發生在「翻龍坡」的一件奇案，他們都要天衣有縫留意：到底是不是元十三限教人下手幹的。

溫晚在京城裡有許多朋友。

——他在官場中仍握有相當實權。

——他在武林中也有相當聲望。

——洛陽溫氏的「家底」，還算「厚實」。

——有「權」、有「勢」、有「家底」，還怕沒有「朋友」嚒？

溫晚叫天衣有縫不妨去投靠一個「老朋友」。

——這位「老朋友」在京城裡很有實力。

——這個「老朋友」欠過溫晚的「情」。

——天衣有縫去投靠他，正是兩得其便。

——「老朋友」正是「六分半堂」總堂主：雷損！

可是溫晚也斷斷意料不到：

天衣有縫抵達京城不久後，雷損已然在「金風細雨樓」戰死。

——接待天衣有縫的人，變成了「六分半堂」新任接班人狄飛驚。

更令溫晚意外的是：

——女兒還沒有回來，但天衣有縫也命喪京師，下毒手的人據說是天下第七！

這就使得溫晚無法再坐鎮洛陽了。

——不爲天衣有縫報仇，他就愧對兩個「冤家老友」：天衣居士和神針婆婆！

所以，就算天衣居士不來找他，他也會去找天衣居士。

◇◇◇

這兩個老友終於在洛陽會面。

「洛陽依舊，你也多年未重遊故地了，」溫晚跟他說，「我就大膽的耽擱你幾天，安排些舊友來跟你把臂同遊。」

「你呢？」天衣居士反問他。

「我答應過紅袖神尼，」溫晚說，「我得要先上小寒山一趟，不過，待事情一了，我會盡速趕回來的。那時，我們再一起赴京。」

天衣居士笑了。

他極好潔。

身上的衣服，連一絲縐紋也沒有。

臉上的皮膚，也一樣沒有皺紋。

看他的樣子，彷彿連心都不會有過傷痕似的。

其實當然不是的，人生在世，一向都是歡心易得，安心難求；歡欣易獲，寬心難留。

天衣居士只是比一般「拿得起、放不下」的人「放得下」一些。

——或許，他之所以放得下，只是因爲他根本沒「拿起來」？

「我知道你的意思；」天衣居士說，「你看我這樣子，赴京要是惹上蔡京，準沒好收場的，所以你要伴我赴一趟危局，是不是？」

溫晚馬上笑道：「當然不是的。老哥你就算不動手，單憑你的法寶，陣勢和奇門遁甲，誰能逼得近你！若論奇變，天底下縱有萬變高手，也得要喪在居士你的億變之手！」

「你這可是折煞我了！」天衣居士笑著搖了搖頭，「溫兄，你還是不能當官。」

忽然扯到當官的事來了，溫晚倒是一楞，問：「怎麼？」

「你跟三十年前一樣，難得說謊，一旦逼不得已，還是眼不敢直視；」天衣居士笑著說：「官場上哪有這般不善於說謊的！現在當官的，官愈大，撒的謊就愈大——你這樣怎當得了大官！」

「所以，我才回到自己老家當這撈什子官，這叫『父母官』；萬民暖飽如己事，天子呼傳不上朝；年來何事最銷魂，綠水青山書作城！」溫晚說，「我有自知之明。」

「我也有自知之明。」天衣居士說：「我知道我敵不過元四師弟，不過，依我看，四師弟也不至於要加害我。我一上京，就會有『六分半堂』的支援，另外，諸葛三師弟一定會捍住我這身老骨頭——你放心，拆不了的；萬一是折了，也就罷了，也活到古稀之齡了，夠本啦。」

「你……」

「你就別搪我了，否則，我倒要對你施施妖法了。」天衣居士半逗趣半認真的道：「京師的危局，我這身老朽倒是要試闖一闖。」

天衣居士既是這般說了，溫晚也不好強加阻擋，只好說：「居士興致倒是頗高！」

「我這叫老不死，迴光返照！」天衣居士笑道：「你少爲我擔憂得臉無人色的，我又還沒死，你把愁容留著日後用得上才用吧！」

溫晚忙道：「我倒不是擔心這個……」

「是擔心令媛嗎？」天衣居士問：「聽說她也去了京城……？」

「這瘋丫頭，都是我寵壞她了！讓她回來，看我可不打折了她的腿子。」溫晚一提到溫柔，語氣也悻然了起來。「不過，聽說她在京師，和令徒倒是挺熟絡的。」

「這個……」天衣居士笑了：「待我到京城，定會找到了世姪女勸她回家。不過，我可不能跟她說：她老子要打跛她的腿！這樣一說，她倒是奉旨不回家了！」

「沒用的！那丫頭不受勸、不聽勸的！」溫晚氣得吹鬍子：「不勞了！你勸也是白勸！」

「不見得！我只要說……」天衣居士笑了笑：「說句謊話就得了；不過，她要是聽了我這世伯的勸說而回來，你可不要責罰太嚴，以免我在世姪女面前顏臉無存，日後挺不起老骨頭來當人世伯了。」

「說謊？」溫晚奇道：「說什麼謊？」

「就說你病了。」天衣居士胸有成竹的道：「她一定立即就回。」

「她有那麼孝心就好了……」溫晚喟息地道：「我也不是擔心這個。」

天衣居士詫問：「那麼，你擔心的是……」

「我真不明白，像諸葛先生和元十三限這樣大智大慧的一流高手，大家也鬥了數十年了，怎麼還會這樣鬧下去，造成這樣子的危局；」溫晚說：「這到底是怎麼生的禍端呢？」

天衣居士長嘆了一聲。

溫晚忙道：「要是不方便，我只是隨便問問而已，絕非……」

天衣居士截道：「你想知道？」

他沒等溫晚回答，便悠悠而簡略地道出諸葛先生和元十三限一段長達四十年酷烈鬥爭的經過。

稿於一九九一年農曆新年前接待母親、姊姊來港歡渡新年

校於一九九一年三月八日「自成一派」三子三折不輸房伴母侍疾渡辛未年春節

第二章　人心大變

七　殺局

仁宗時，邕州西南之地，時有作亂。其中濃氏族人，掠殺尤甚。其中有智高者，勇而善戰，先求封於宋廷，不許，便據地稱王，失陷邕州，再一口氣收下橫、貴、藤、梧、龔、康、端、封等八州。仁宗大驚，狄青請帥，時韋青青青手上四大弟子參軍翼助狄青，叛軍終爲平敉。

智高敗退逃入大理，縱火焚城，伺機而起。

仁宗生怕智高再興風作浪，於是請能人潛進大理刺殺智高。

他七次親自請葉哀禪執行任務。

葉哀禪確是文武全才，他曾在韓琦、范仲淹麾下效力，歷好水川之戰和渭水之役，每次都智勇過人，殺敵無數，但朝廷積弱，欲振乏力，大勢所趨，西夏交戰，都是鎩羽而歸。後返朝中，又歷朋黨之爭，相互詆譭，葉哀禪本已心灰，時又因一段傷心事，更加意懶，故掛冠而去，看破紅塵，之後，世間便沒了葉哀禪，只有雲遊四海不知所蹤的嬾殘大師。

於是，刺殺智高的任務，便落在葉哀禪三個師弟的身上。

天衣居士自幼體弱從來心善行仁，（後爲「禽獸」夏侯四十一所傷，任、督二脈封塞切斷，氣不能運轉丹田，不管文才武略再高，但高深的武功全練不得、不得練。）所以在這件刺殺行動裡便全派不上用場。

理所當然，這任務就由當時年輕銳氣、心高人傲、志大才盛的諸葛先生和元十三限兩人一力承擔了。

當時，元十三限鋒芒畢露，諸葛先生沉潛自負，兩人時有爭鋒，但仍交情甚篤。元十三限老是覺得諸葛先生運氣比較好，如果說兩人分頭追兇，諸葛先生總會在他選擇的路上順利逮著在逃的兇手，而自己卻陷入泥淖之中；要是皇帝要分別召見兩人，接見元十三限那天恰好地震，傳召一事自然作罷；見諸葛那天卻風和日麗，天子便叫諸葛正我一起與他狩獵。

元十三限當然沒有仔細的去辨別：有許多「運氣」，的確是不能掌握的，但有更多的是諸葛先生自己「掙」得來的。

譬如「追兇」一事，諸葛先生就憑他的智慧，推斷「兇徒」大概是往哪個方向逃遁，因而作出選擇。他義不容辭的去抓那個「兇徒」，因爲「九死一生」仇厲生的「九死無悔神功」，恐怕非元十三限所能應付的，諸葛先生不欲四師弟涉險，而且，他自信可憑機智計擒仇厲生。

元十三限自然也不知道：在很多情形下，諸葛先生已然收斂禮讓，不與他爭。有時，元十三限也是聰明人，他感覺到三師兄有意讓他，這令他更不高興，覺得這是一種侮辱，一種鄙視；這比擊敗他還令他憤怒。

不過，元十三限再嫉妒，也只是光明正大與諸葛先生爭，絕不施險詐技倆。

這次，刺殺智高的行動前，他們作了一個約定：

誰先殺了智高，以後便誰服了誰，再也不得心有不甘。

——元十三限這回矢志要好好表現一下，擊敗諸葛。

——諸葛先生則以爲這樣可免除後患，他知道四師弟是個篤守信諾的人，不管誰勝誰負，這次定了優劣，以後都可以免去許多煩憂。

人活在世上，能不能免除煩憂？

答案當然是：不能。

幾乎可以這樣說：沒有人可以絕對免除煩憂。

甚至可以說：完全沒有煩憂的恐怕也不是人了。

諸葛先生是智者，但智者也一樣不能免憂：通常，一個智者除了說明他是個聰明人之外，也暗含了他是個要常運用智謀解決問題的人。

是故智者常憂：

知足常樂。

元十三限不知足。

他一直忿忿不平。

——諸葛能，我為何不能！

殊不知天底下偏就有些事是你能我不能的——正如有的事是我能你不能一般。

◇◇◇

諸葛先生決心要輸。

——只要他輸了，元十三限贏了，氣使可以平了。

諸葛就是要元十三限心平。

只要心平，自然就能氣和。

——可惜的是，世上有一種人，你給他玫瑰，他要的是幽蘭；你給他金銀，他卻要珠寶。

你要讓人、容人，首先還得要那人知道你的容讓，你敬人一尺，人敬你一丈，這才是有來有往。但有的人根本就不容讓你的容讓，結果是得寸進尺，得尺進丈，到最後，你只好忍無可忍、讓無可讓，不如打從一開始就不忍不讓、寸步不退的好！

有的人，你讓他，對他而言，不是善意，而是侮辱。

世上有的人，亙常把敵意當善意，有的人則把善意當敵意，有的人卻把敵意巧妙的隱藏在善意之後，有的人心存善意卻給人誤解爲敵意。對元十三限而言，諸葛先生任何善舉，他都當成敵意；對諸葛先生來說，元十三限一切敵對行動，他都以善意化解。——要是你呢？

其實對人常存善意，不是要求好報，而是使自己活得開心。

——要求報仇只會樹敵結仇，不把自己的快樂時光讓仇情敵意吞噬，不把自己寶貴光陰枉送在仇恨敵人上，將對敵的時間拿來幫人，而且施恩不望報，這才是自求多福的最佳途徑。

殺手。

諸葛先生潛入大理。他本來有三次機會、突破敵陣、垂手可取智高性命。

但他卻沒有下手。

他把智高手下「七絕神劍」中的六人擊敗、擊潰、擊退，可是卻沒有對智高下殺手。

他把智高留給元十三限。

事實上，他一口氣擊敗「七絕劍」，中的劍神、劍仙、劍鬼、劍魔、劍妖、劍怪，本身也元氣大傷。

他以為「七絕神劍」中只剩一人，元四師弟定必可以應付得來。

不料，這「七絕神劍」中的「劍」，是一個少年人的代號，以他一人的武功，卻足以跟前面六名同門合起來匹敵。

元十三限刺殺智高之際，卻遇上這最難惹的「劍」。

兩人大拚一場，元十三限仍重創了「劍」，但他自己也受傷不輕。

除了傷，還有憤。

——他以為諸葛先生故意把最難纏的人留給了他。

他即退回「白鬚園」養傷，恰好諸葛先生也在那裡，要不是天衣居士從中化解調停，元十三限立即就要和諸葛先生決一死戰了。

天衣居士化解的方法是：

移轉兩人（尤其是元十三限）的注意力：

那時候，他知道夏侯四十一人在襄陽。

——夏侯四十一就是暗算天衣居士的人。

天衣居士本來就身體羸弱，無法修習極高深的武藝，但本來還是有一些武功底子，這一點「武功底子」，是大俠韋青青青調教的，故而在武林中也非同小可了。

可是，他卻受夏侯四十一的暗算，以致任脈錯斷，督脈傷亂，元氣無法修持，真氣不能凝聚，都是拜夏侯四十一所賜。

至於他跟夏侯四十一結仇，完全是因爲插手管一件「閒事」。

這「閒事」是：

蔡京黨人，下令他們在武林中的第一號「心腹爪牙」、給人暗稱爲「禽獸不如」的夏侯四十一，去研製出一種藥物，讓人在受死刑、斬首時不得發聲、一副沮敗慚疚的模樣，且不得讓人看出來是曾下過毒。

要這樣做，是必要的。主要是因爲：朝廷常以十惡不赦的罪名處死一些犯人，可是這些死囚自知無罪、受屈而死，所以挺胸而立，毫無懼色，更無愧意，赴午門受戮時，怒目圓睜，大罵不已；或到菜市口行刑，也昂首闊步，了無慚容，且視死如歸，高歌慷慨，以瀕死前的豪色浩音，指斥朝廷腐敗，如此泯不畏死，以致沿途民眾為他們揮淚喝采、送食慰問、奠祭跪拜。

這樣的話，還成何「體統」!?蔡京一黨，每日冤殺的人數以千百，怎能讓這等「罪犯」有辱「國體」!?所以他們找了許多酷吏刑官來研究出一種萬全的方略，務使受刑人不再發聲，讓人看去自知罪孽深重，只能低首受戮。

於是，有人發明出種種器械，使處死的犯人氣管、喉嚨切斷的技術，但又很難完全不令明眼人發覺，於是，便要夏侯四十一發明一種藥物，能完全達到這種效果，在多年後，並暗令任勞任怨，更習得一種奇功，讓犯人在內力沖激下，自動自發，開聲認罪。

夏侯四十一是武學大師，最擅於暗算，但他卻不是藥師。

當年為了達成蔡京的命令，更為了要討好權相，他只好去求助於「老字號」溫家。

——「老字號」溫家一門均是製毒好手。

但這兒卻產生了一個問題：

「老字號」溫家也不是人人都是使毒的。「老字號」本身又分為四個分支：

製毒的是「小字號」。

藏毒的是「大字號」。

施毒的是「死字號」。

解毒的是「活字號」。

夏侯四十一卻先找上了洛陽溫晚。

溫晚卻隸屬於「活字號」一脈的。

他還是「活字號」三大主帥之一。

他一口拒絕向囚犯施毒的事。

夏侯四十一惱羞成怒，但也不敢即時開罪「大嵩陽手」溫晚。

——溫晚在古都洛陽的勢力，非同小可，這種人，勢力延及黑白二道，能不招惹，還是不去招惹的好。

所以他去找「死字號」的高手溫砂公。

可是溫砂公也不肯替他下毒。

——「死字號」的人擅於下毒，但不見得個個都沒有骨頭、不顧原則的為權相宦官賣命。

夏侯四十一又去找「大字號」的溫帝。

因為他確聽說過「老字號」中已一早研製出這種藥來。這種藥吃下去了，人只會一直說自己的不是，伏罪認錯不已，至死方休。

而收藏這藥的是「大字號」。

所以他去找溫帝。

溫帝也不欲爲蔡京黨人效命。

但他也不敢開罪蔡京。

正在爲難之際，天衣居士卻出現了。

他是聞溫晚之言，所以趕來阻止夏侯四十一，勿要爲蔡京等人作這種傷天害理的事。

他原跟夏侯四十一有過三面之緣。第一次是夏侯前來請教他破陣之法。天衣居士以爲他是要破金人入侵所佈之陣，所以授他破法，結果他卻是帶人去破了梁山泊好漢「智多星」吳用所佈之陣。第二次是夏侯負了傷，給「神針仙子」的「怒繡狂花」針法刺傷背脊從「大椎」、「陶道」、「身柱」、「神道」、「至陽」、「筋縮」、「脊中」等七大要穴，要天衣居士爲他推穴活筋，天衣居士看在武林同道的情份上，也就做了。第三次是夏侯四十一問他借取一隻紅嘴鶺鴒。鶺鴒是一種捕魚的鳥，又名鸕鶿，俗名水老鴉，當時皇帝趙佶縱情酒色，斲喪過度，以致一時無法再效魚水之歡，藥石無效，便求助於仙丹，仙丹不行，便託符咒。所謂仙道，諸多索求，其中包括一隻紅喙鵜鶘。這事其來有自，詩經「曹風」之「候人」有詩云：「維鵜在梁，不濡其咮。彼其之子，不遂其媾。薈兮蔚兮，南山朝隮。婉兮孌兮，季女斯饑！」鸛鳥捕魚，自有男女交歡媾合的喻意。蔡京知道紅嘴鵜鶘不易找，但爲了討好君王，自到處搜求，趁機剝削。夏侯四十一知天衣居士處或許會有，於是拜會求索。天衣居士愛禽畜如命，無論對方許下什麼重利權誘，他都不將鵜鶘給這些妖道煉製勞什子的「仙丹」。夏侯四十一平白喪失巴結主子機會，早對天衣居士暗恨在心。

這次天衣居士勸夏侯四十一勿要做這種喪盡天良的勾當，夏侯四十一表面唯唯諾諾，但其實陽奉陰違，暗裡威迫利誘，要溫帝交出「唯命是從」之藥。

溫帝仍在猶豫。

夏侯四十一惡向膽邊生，他竟以天衣居士的名義，先殺了溫帝的老婆家小，並恫嚇溫帝說諸葛先生等人已知道他要獻出毒藥、殘害忠良，所以要殺他全家，既然事已至此，他不如就真的獻藥求蔡相爺的庇祐。

到了此時此境，也不到溫帝不從了。

夏侯四十一也覺察出溫帝的將信將疑。

所以他也做絕了。

他佈的是殺局。

他先拿溫帝做試驗。

他制住了他，讓他先自服食「唯命是從」。

結果，溫帝果然並不如何「唯命是從」——他只是累。很倦。

疲乏得連抬頭、食飯、眨眼都無力。

可是並沒有認罪、知錯、自我批判。

夏侯四十一這時候再露出猙獰面目，要他交出真的「唯命是從」。

到這時候，也輪不到溫帝不交了。

他交了另一種藥，夏侯四十一也迫他寫下了藥方。

溫帝也只有寫下了。

——寫的時候帶著詭異的微笑。

寫完了之後，夏侯四十一就殺了他。他不喜歡看對方微笑，尤其不喜歡看到一個在他手邊垂死的可憐蟲還帶著這等詭異的笑意。

夏侯四十一這樣做，卻激怒了天衣居士。

他在夏侯四十一返京的途中，截住了他。

他責問他，爲何要爲虎作倀，爲何要下此毒手？

夏侯四十一的反應是：

後悔。

他的「後悔」是有「行動」的。

——在讓天衣居士感覺到他痛悔的同時，他已向天衣居士下了殺手。

天衣居士本來沒有提防。

但他卻感覺到一種殺氣，還有一股暴戾之氣——一股人在動了殺機之後，殺人之前，眉心總有一種顏色，頭上總有一股氣，眼裡總有一道光顯示出來的。

天衣居士發現了這等濃烈的殺氣。

所以才能及時逃開了夏侯四十一的暗襲。

兩人一番惡鬥，天衣居士的「相思刀」和「銷魂劍」與夏侯四十一的「割鬚棄袍移形換位大法」約莫打個平手，但天衣居士一面交手，一面腳踹袖捲，把周圍岩石，佈成陣勢，打到三百回合，夏侯四十一已困在陣中，縱天衣居士不再出手，夏侯也出不得陣來。

這一來，夏侯四十一不戰已敗。

他突然端坐下來，臉色青白，顫抖不已，然後大喝一聲，大澈大悟，跪地請罪，自斷尾指，聲淚俱下，要求天衣居士放他一馬、饒他一命，日後，他要日行三善、誅邪惡，以報大恩，以贖己罪。

天衣居士是個惜才之人。

他不忍心殺夏侯四十一，又希望他是真心改過、造福武林，所以便自撤了陣，讓夏侯四十一得以洗心革面，重新做人。

這一來，他又入了夏侯四十一精心佈置的殺局中了。

天衣居士放了夏侯四十一，但夏侯四十一的仇家卻找上天衣居士。

那是「神針仙子」。

人稱「織女」。

八 情局

說來也真湊巧，織女聲勢洶洶的找上天衣居士之際，那天正好下著小雨，天衣居士正在跟他養的牛邊彈琴邊說話。

「牛啊牛，我近日的紅鸞星和桃花劫星並照，可是別說美女了，連鬼影也沒一個，你看我們『自在門』四師兄弟，是不是真的應驗了師父的平生：『一入自在門，永世孤枕眠』讖句？少年風流客，青年瀟灑人，中年自在俠，壯年自了漢，到頭來成了老年孤單公才好！」

那頭牛「哞」的一聲，算是以鼻子回答了他的話。

卻聽一女音快利的道：「沒想到這世上不但真的有人對牛彈琴，還對牛說話！」

天衣居士也微吃上一驚。

——居然有人能神不知、鬼不覺的潛入他所佈的陣勢裡，還進入了他的茅舍「不輸齋」！

——而且還是個女的。

他一抬頭。

打了個照面。

他一眼看到，心裡暗叫一聲：

完了。

◇◇◇

她來了！

——她撐著傘，在灰慘慘的霾雨迷漫中，她亮麗麗的站在雨中。

◇◇◇

她終於來了。

——她是誰呢？

天衣居士並不認識她。

但她就是她。

天衣居士只看了她一眼，就知道她就是自己一直以來都在等待、已等了數十年的女人。

她來了。

是她。

——一定是她。

因爲不會是別人。

◇◇◇

天衣居士失魂落魄的在那兒，直至那頭牛又嘆了一聲，他才知道對方用手裡的一口針，正斜指住自己的印堂。

他卻連眼也不眨。

「神針門織女？」

「你爲什麼要救夏侯四十一這種敗類？」

對方反問。

她原就是爲這個而來的。

她只問。

她不打算會有回答。

她也不要人回答。

但她的下一個問題卻是等待回答。

而且一定要回答。

「那王八蛋在哪裡？你馬上告訴我，我立即去殺了他。」

他知道上回夏侯四十一背門七大要穴受刺戳，必是這位織女下的手，而那一次夏侯四十一穴道受制是他一手解救的。

所以織女已把他當作一丘之貉。

他心知夏侯四十一是躲在襄陽古城中。

夏侯四十一告訴天衣居士：他要在那兒伏殺一名叫三鞭道人的人物。——「三鞭道人」本來是權相蔡京佈伏在江湖上的一名殺將，而後搖身一變，變成了個據說能呼風喚雨、念咒延壽的法師仙道，要皇帝求鷓鴦研粉以壯陽的奇法，就是他「靈機一動」時下的主意。

他天天都有新主意，一時要金銀珠寶，一時要奇禽異獸，一時要童男貞女，偏是皇帝信他，任他爲所欲爲，所以爲滿足他的欲求索取、滿口雌黃，害煞了不少平民百姓，叫苦不已。

這段時日，這三鞭道人正好來到襄陽，要搜尋古都美女，夏侯四十一便告訴天衣居士，他要爲民除害、將功贖罪，第一個要剪除的，自然就是三鞭道士，而且他要潛身在三鞭道人身邊，才能伺機下手。

天衣居士相信有「改邪歸正」這回事的。

所以他力勸織女，不要追殺夏侯四十一。

「人是會改過自新的。作惡的也是人，一樣會有人性，只要他能痛悟前非，有朝一日就能洗心革面，造福天下。」

織女冷笑。

她冷笑時像玉一樣，帶點寒意，但仍是很明亮。

明亮得像白色的柔光。雖然柔，但卻還是一種光芒。

一種幽光。

「你相信他那種人也會放下屠刀、立地成佛？你可知道：救了不應救的人，一如害了不該害的人一樣。」

天衣居士道：「善惡只在一念。人誰無過？妳以前做錯了，現在可以做對過來；以前是個壞人，以後可以變好。惡人一旦一心向好，要比殺了惡人更有意思。如果他們作了惡，縱然沒有人收拾得了他們，他們終究有一天也會受到良心上的責備的。」

織女用一雙妙目用力的看著他，道：「你果然是夏侯狡賊的同夥！」

然後她這回不待天衣居士的解釋，便已出了手。

她的武器是針。

急針穿亂線。

密針繡飛雲。

天衣居士發現這女子的動作不是做出來的，而是「流」出來的，像一種流露、一種傾吐、一種自然的律動，她本身不（止）是一個人，而是一道自自然然、隨心隨意的流水（河流）一樣。

天衣居士爲她的動作（舉止）所迷眩。

當時，織女的武功還不是十分的高，她能傷夏侯四十一，主要是因爲夏侯過於好色，一時不防，加上織女的同伴小鏡冰雪聰明，故意使夏侯分神，才能以「神針密繡」刺傷了他。同樣，她能闖入天衣居士的「不輸齋」，主要還是因爲天衣所佈之陣，恰與她的針法線路吻合，她以繡法攻破。

其實織女要刺天衣居士，恐怕也力有未逮。

可是天衣居士還是給刺了幾記。

白衫破處，溜過幾串血珠。

那不是天衣居士避不開。

而是他對她流水般的英姿迷眩的結果。

這時，織女卻停了手。

因爲她已發現天衣居士並沒有還手。

——她雖刺傷了他，但就憑這些小小傷口，她還真「傷」不了他。

而她也知道天衣居士無心傷她。

所以她住手。

不打了。

——女孩兒家就有這個本領：說打就打。就像她們無緣無故就可以生氣一般，也可以忽然之間就不生氣了。

她們可以說不打就不打了。

一切只看她們「高興」。

織女忽然之間就不打了，不爲什麼，只因她「不高興」再打下去了。

她在臨走前卻說：

「所謂惡人自有惡人報，其實難以盡信，因為善人也一樣會有惡報。至於所謂惡人自有天收拾，他們自有良心上的譴責，其實是假的，縱有，也是一時就過去了，惡人又可當他的開心快活人去，可是為他所害的人，連後代都可能因為他一時的惡行而世世代代都繼續受害下去。江山易改，本性難移，惡人變好難，好人變壞卻易。」

說罷她還一笑。這一種欲顯而奪麗的一笑，有信心足以在十年內仍讓他常常憶起這一笑真好。

之後她就走了。

「你不肯告訴我夏侯狐狸在哪裡，我也總會刮到他。」

她要殺夏侯四十一。

因為夏侯四十一辱殺了她至少三位在「神針門」裡的繡花姊妹，用的是三種不同的方法：

一個叫小影姑娘的，給他看上了，但卻不肯聽他的，他下了迷藥，把她姦污了，而且還呼朋喚友，叫蔡京門下一群狐群狗黨輪著來，恣意淫辱，結果，小影姑娘嚼舌自盡。

另一個叫小映姑娘的，也不幸給他看中了，因爲她父親在官場中也有撐得起場面，所以夏侯四十一先行進讒，激怒蔡京，蔡京把小映姑娘全家收押天牢，夏侯四十一打點一切，進入天牢，姦辱了小映，安然離去，並唆使蔡京矯旨斬殺小映全家。

還有一個叫甄寧的女子，先是得罪了他，而他又垂涎她的美色，但甄寧的兄長甄可羨在黑白二道都有頭有面，連蔡京也不欲得罪他。他使「另闢蹊徑」，先行以卑鄙手段，趁其兄甄可羨渡江之際，鑿舟沉船，在水中狙殺了他，又表示自己能找出及對付兇手，使甄寧孤身向他請求，他趁機又侮辱了她。待得禽獸慾過後，他向她說明：他就是殺她哥哥的兇手，甄寧忿而與之拚命，終於仍死在夏侯四十一手中。

是以，織女對夏侯四十一恨之入骨，自是非要殺他不可。

透過小鏡神通廣大的父親，織女又打探得夏侯四十一人在襄陽。

而且他就住在三鞭道人的道觀中。

織女去行刺夏侯四十一。

可是卻中了機關。

正在危急之際，天衣居士卻闖了進來，以他非凡的知識，對機關陣法瞭如指掌，隨手破去機關，救出織女。

自此之後，他跟織女熱戀了起來。

織女是個嬌小、活潑、明朗、快麗的女子。

她像一首亮麗而迷人的詩句，每一次讀都有領會；而他就像一本了不起的書，對她而言，讀一輩子都讀不完。

他們熱烈的相戀：就像蟬和秋天一直都是最深情的對照。她那兩片薄得幾乎看不見的唇，和他那三綹深埋著唇的長髯，終日都在她的柔膚上拂拭啜吮不去。

而且這抵死的纏綿主要還是來自織女的邀約。

雖然她是個連媚笑的時候也很正經的女子。

他們熱烈地相戀了一段時間，直至小鏡姑娘的出現，天衣居士的情局就變得從「本來是風景，終於走上了一條絕路」。

小鏡是織女的好友。

小鏡有一種隨隨便便的美，織女站了過去，白天也略嫌濃妝，晚上也略嫌艷抹些了。她連憂傷也是單純的。

她不像織女。

織女喜歡教人。

她有她做人的一番道理。

她當然認爲她才是對的。

她的直覺比太陽直射眼瞳還直接。

所以她有時會干涉天衣居士的想法。

這恐怕是天衣居士唯一不十分喜歡的。

男人都願意擁有聽他話的女子，但沒有男人希望自己的思想和做法全受女人的左右或控制。

爲了意見上的爭持，兩人在熱戀中難免也有熱臉的衝突。

不過天衣居士總是容讓織女。

——反正嘛，他第一次見她時就受了傷。

他常向織女道歉。

他一向認爲：真正的愛是應該說抱歉的——你要是不說，那是你的損失。

可是小鏡卻不一樣。

她柔順。

她乖。

她喜歡向他學東西。

她佩服他。

所以他也喜歡她。

疼她。

他越疼，就越是疼出一種感情來。

這感情並沒有越軌。

但織女已忍不住了。

她聽到不少流言。

她跟天衣居士大吵。

大鬧。

這種爭執是最容易傷害彼此的真情的。

織女負氣而去。

她走的時候，也正下著細雨，針織刺繡一樣的急密。

他是從織女留下的字條裡才知道：她已爲他珠胎暗結。

於是他天涯海角的找她覓她，但遍尋不獲。

後來他突然「福至心靈」，想到了一個人。

夏侯四十一。

——她會不會去殺夏侯四十一？

她是因為要殺夏侯四十一才會跟他相識的。

他是因為從夏侯四十一手裡救了她才會跟她接近的。

他倆的戀情破裂了。

然而夏侯四十一仍然活著。

——織女會不會覺得：殺了夏侯四十一，就等於親手結束掉她和自己的這段戀情呢？

◇◇◇

猜對了。

◇◇◇

天衣居士去找夏侯四十一：他要責問他何以遲遲未動手誅殺三鞭道人。

「萬玉觀」的機關留不住他。

道觀裡的陷阱更阻不了他。

連那些凶神惡煞的道士們也攔不到他。

所以他找到了夏侯四十一。

也見著了織女。

這時候，他才完全領會：夏侯四十一有多卑鄙、多可恥、多不能饒恕！

不知怎的，織女竟給夏侯四十一用歹毒手法制住了，而他剝光了她的衣服，封了穴道，就綁掛在身上，拗著纖腰，略貢的小腹，一絲不掛，以致夏侯四十一身前身後，全纏繞著織女白晰如雲的肢體。

連恥部的纖毛都可一覽而見。

天衣居士怒極。

他後悔自己不聽織女的話：

——爲何不一早殺了這惡徒，以致如今累了自己、也害了織女。

他要殺了他。

可是他忿怒。

他的憤怒必然影響了出手。

這時候，三鞭道人也殺了出來，天衣居士一方面投鼠忌器，另方面又生怕夏侯四十一等傷害了織女，加上他本無元氣長力，久戰不宜，終於爲三鞭道人放倒，並給夏侯四十一以「禽掌」、「獸拳」重創了任督二脈。

這時，幸有一人及時趕到。

這人是個女子。

正是小鏡。

◇◇◇

小鏡姑娘不是一個人來的。

——若只是她一個人來，來了也沒有用。

她把負傷的諸葛先生及元十三限引來。

諸葛和元十三限雖然都受了傷，但合他們二人之力，要戰勝夏侯四十一和三鞭道人，那還是完全不必置疑的。

甚至也無可置啄。

——只不過，他們二人也萬萬沒想到，他們正在援救身陷殺局中的二師兄，而兩人卻也正是一腳踩入了情局裡。

九　破局

那時候，負傷不輕的諸葛先生和身受重創的元十三限，相遇於「白鬚園」，幾乎又要交起手來。

但他們卻遇見了小鏡姑娘。

遇上了小鏡姑娘，他們的脾氣便發作不出了。

小鏡那時候很急。

她要急著去救織女。她知道整件事都是因爲她才發生的。她不該令自己的好友滋生誤會的。

她立即遠離天衣居士，但卻已來不及了。

誤會已經造成。

破鏡難以重圓。

不過，天衣居士在赴「萬玉觀」前，曾先來找過她，她也認爲織女極有可能會去找夏侯四十一算賬。

她是女人，無論如何，女人都比男人更瞭解女人。

她聰明巧麗，但並不炫才（其實這才是她最明巧之處），一向溫順柔靜，織女曾因天衣居士爲夏侯四十一療傷一事人爲懊惱：她本不是夏侯之敵，好不容易才趁他色迷心竅之際傷了他要穴，卻給天衣居士輕易治癒了，天衣居士當了個大好人，卻是不給她顏面，怎教她不惱！可是，小鏡卻認爲：天衣居士向來行事都留情面餘地，此舉只是想使夏侯四十一能化戾去惡，不見得就是針對織女而爲！小鏡當時才十六歲，要比織女還年輕四歲，她出身權貴世家，因不滿其家族作風，戀慕江湖兒女的英俠作風，英雄好漢的義烈作爲，所以毅然脫離世家羈絆，以一種安甯恬柔的姿態加入浩蕩的江湖歲月裡。

由於織女明艷朗麗，而且一手神針，名滿天下，以「大折枝手」和「小挑花法」稱絕武林，江湖上自然有不少昂藏八尺，爲之繞花逐蝶，織女向來守身如玉。但因早在江湖上逐風趕雲，對各種不同性情的男人早有閱歷，不似小鏡姑娘，靦腆害臊，故而織女常挺身保護這易羞赧的小妹妹。不過，小鏡心細如髮，單只在對天衣居士的個性意向的判斷，就比織女準確多了。

可能因爲真正在武林中闖蕩的美女不就不甚多吧，而能在江湖上已闖出名堂有真材實藝的美女更少之又少了。大凡俠女必絕色、妖女必美艷，那只是江湖傳說、小說家言，以及純屬以陽剛過盛江湖漢子寂寞而熱切的想望而已。實際上，當一個人要歷經過許多鍛煉，許多風霜，許多挫折與失望，還能保持明朗心境和明麗容色，都是極爲不易的事，何況，練武、格鬥、打殺，更是煎熬形神心力的事情，就算是一個本來纖巧柔美的女子，當一層一層的打熬上來之後，也得形神俱疲、心力交瘁，有幾人還能嬌艷如昔、清麗如舊？

不過，織女絕對是個例外。

她依然漂亮，而且清朗。

只是，她因歷風經霜，所以除了明麗之外，也銳利了一些。

這銳利乃源自她性格上的清朗。

——在江湖上，你不傷人，人就得傷你，所以一定要懂得保護自己，防衛別人。

——就算柔弱，也不能示之於外，否則，強大的人就會趁機吞噬你，而不是十分強大的人也會來欺負你，甚至連原比你柔弱的人也來分一杯羹。

這是武林中爭強鬥勝的定律。

也是江湖上競強汰弱的慣例。

所以不可示弱。

只可示強。

久而久之，織女便變得愈來愈強悍了。

她是個強悍的女子——雖然她本來只是個愛繡花、喜歡鳥狗小貓、高興就吃吃吃吃笑箇不停的貌美女子。

織女出來闖江湖，是她覺得有本領的女人不該只在家裡繡花，不可以未嫁之前聽父親的話、嫁了之後聽丈夫的話、沒了丈夫之後就改聽孩子的話。

——既然已有一身本領，就該做有本領才能做的事。

——女人沒道理會輸給男人的！

——何況女人還比男人有耐性、有悟性、而且能剛能柔。

——更且女人比男人漂亮！

她決意要出來闖江湖後，便摔了不少觔斗。

她遭人訕笑。

受過污辱。

她咬牙忍著。

堅強應付。

堅持到底。

然後報仇。

所以她才變得愈來愈強悍，至少以強悍來包裝她那脆弱的心，這樣看去，歲月只使她變美，沒有把她變老。

她的悲哀似乎小得還看不出來。

可是這種悲哀也最深沉。

她下決心要美下去、漂亮下去、凶悍的活下去。

小鏡則不一樣。

她本來就嬌生慣養，因不喜家人所作所爲，才決意避入江湖。

她要以江湖的動蕩來清洗她背景的陰霾。

奇怪的是，江湖並沒有把她變壞，反而變好；武林並沒有使她使壞，反而使她那極精緻的表情更切實的脗合她那極精緻的心情。

她像衣白而不沾塵的飄過多風多浪的江湖，不掠風，不驚浪，仍然心淸如水，心水清得幾可以失去了歲月流年。

就是她，認爲天衣居士絕非夏侯四十一同一路人，那時候，她還沒見過天衣居士。

織女三次潛入「白鬚園」，雖沒觸動機關，但也參透不了。

她很苦惱。

那時，小鏡自然也看出來了。

她一向當織女是姊姊。

親姊。

她覺得織女雖然悍強，但其實人很好，很真誠，很肯幫人，且很維護她。

——織女姊是武裝了自己，怕受傷害；正如許多強者一樣，外表越強悍的人很可能也是內心最脆弱的人。

她其實常協助織女，只不過，在外表上，她反而要織女覺得是她幫助了自己。強的人不能輸。

——一個人不能輸已是一種大輸。

弱的人不能贏。

——一個人輸已成了習慣，叫他贏已一時還真贏不過來了。

但柔強的人卻是能勝能敗。

——因爲能拿得起、放得下、甚至可以不拿不放、即拿即放。

小鏡是這種人。

她聽說織女到白鬚園遇到的佈局。

——那兒有石凳、橡林、小溪、橋墩、水蓊花、白蘭花樹、香茅、紅毛丹、還有高梁。

她知道那是一個陣式。

她一向學識博雜，大致推出那是一個以紫微星垣佈出來的陣勢：「機月同梁」。

——此陣的妙處，是以天機、太陰、天同、天梁各星曜之力轉注於陣中每一事物，因而合成令人無法破解的格局。

但還是有破解之法的。

破法就是：

先讓這互爲奧援的星垣之力破了局。

——天機在此陣是智多星，計攻不易取。

——天同是福星，能耐驚險，一時難取之得下。

——太陰正値廟旺，女子攻取此星，最怕破不了陣，卻先傷了自己的格局。

——只有先攻天梁。

——天梁是淸官。

——淸官不怕威嚇、武力、強權、危難。

——但淸官怕貪財。

——故而先讓天梁化祿。

「待下雨天的時候，妳用八角繫小鈴的黛綠油紙傘過去，在酉戌亥三方位的樹木前各插一枝桃花，或在巳辰卯位置的事物前蓋上一方繡花手帕，再全力攻往東南死角，此陣可破。」

織女將信將疑。

但她相信這小妹妹的話。

她果然照著小鏡的話去做。

而且也果爾成功了。

因而她會上了天衣居士。

◇◇◇

天衣居士第一次在雨裡傘下見著織女，她那傘角鈴鐺的聲響，始終在他心裡縈迴不去。

叮鈴鈴……叮鈴鈴……伴和著雨聲，比什麼音樂都好聽。

他特別喜歡織女的個性。

因爲他自己性情溫和。

太平和了——以致似乎缺少了一些激情。

她就是他心湖的浪花。

所以他們找了一點點藉口，就交了手、救了命、戀了愛。

卻也爲了一點點理由就生了勃谿。

天衣居士因爲織女而認識小鏡。

「你知道我是怎麼攻破你的『機月同梁』陣嗎？」

有一天，織女笑嘻嘻的問。

「諒妳也沒辦法攻破我的陣。」天衣居士也打趣著問，「怎麼？我家大小姐女俠的明師是誰？」

織女即興致勃勃的爲他引介了小鏡。

天衣居士從此就認識了小鏡。

沒料，小鏡的出現，卻破了他倆的情局，但又製造了兩個僵局。

十 僵局

小鏡的長處是：
懂得柔順。
她懂得怎樣做一個女子，並且知道如何做回一個女人。
她不好勝，也不逞強。
——弱者才逞強。
——沒有絕對信心的人才好勝。
她可不。
她喜歡讓人好過、開心。
別人開心她也快樂。
所以她常常快活。
因爲她常使人愉快。
她愛向人請教。
——其實，被她請教的人，大致上還多不如她。

天衣居士則不然。

他實在不只是個聰明人。

而是智慧。

聰明的人還不一定能有智慧，但有智慧的人定必聰明。

他對醫卜星相、陣法韜略、五行術數、奇門遁甲、琴棋書畫、政事園藝，無有不通，而且精專。

但他並不愛炫耀。

且十分潛藏。

他無野心，既無意要變革天下，只想過逍遙快活的日子。

小鏡姑娘常向他請教，他也知者無不盡言。

小鏡玲瓏剔透，悟性奇高，常只略加點化，即行省憬。

天衣居士自然很喜歡她。

這是一種雲深見山高的感情。

——他兩人性情太相近了，以致反而激發不出愛情的火花來。

這跟織女不一樣。

織女跟他的情感是高山流水相映。

可是織女不明白這種道理。

所以才跟天衣居士決裂。

◇◇◇

小鏡知道天衣居士到「萬玉觀」救織女，很急。

她本也想和天衣居士一道兒去。

可是不能。

——織女要是見到她和天衣居士一起出現，以她那性子，恐怕是寧可沒有人來救也罷。

不去，她又不放心。

她知道以天衣居士獨力對付夏侯四十一，尤其織女可能還落在夏侯手上，只怕有險。

幸好，這時，諸葛先生到了。

諸葛先生來到「白鬚園」的時候，小鏡正在一口布袋裡。

她的武器就是一口布袋。

她在練功的時候，多要藏身在布袋之中。

——這布袋就叫作「乾坤艷紅袋」，這布袋不但可以收拾對手、對付敵人，還有一種獨特的功能，人若藏身其中練功，習一時辰可收別人一日之效。

不過，她這布袋是得自他人之手，還未能完全熟悉使用之法。

這一回，她恰好在布袋裡練功，卻因心念天衣居士是否能救得織女，一時迷惘，竟給布袋裡的雜氣所困，無法自解，掙不出來，眼看就要悶死在布袋裡。

恰好這時諸葛先生卻來了。

天衣居士跟他同一師門，白鬚園的陣式還難不倒他。

他找不到二師兄。

卻找到了一口會蠕動的布袋。

他用了七種手法來解開布袋。

——要來的不是「自在門」的高手，這布袋還真是解不開，活美人也就變成是死美人了。

布袋啓處，只見一雲鬢半亂、星眸半閉、給焗得有點暈陀陀的美人露出半身來。

諸葛先生的心房如給打中一拳。

這是諸葛先生初遇小鏡。

◇◇◇

小鏡待知道來的是天衣居士的師弟，喜出望外，便要帶他一起去「萬玉觀」接應織女。

但她給布袋悶得有點暈昏昏的，於是便要到「清淺小居」略作梳洗再走。

這時，元十三限恰好也翻入此處。

——「清淺小居」也在「白鬚園」裡，那是天衣居士留給織女和小鏡住的地方。

這也可以說是小鏡的「家」了。

元十三限也是「自在門」的人，這陣勢當然也攔不了他。

他一向多疑，乍見有個女子，不知是敵是友，便先行跟蹤著揹箇究竟再說。

這一跟，對這俏妙的倩影，已有好感。

而且，他竟發現，這女子連在自己家裡也可以迷了路！

她走來走去，竟都走不出去。

——其實，小鏡雖然聰明靈巧，但平時卻也是個小迷糊，心神恍惚的時候，在家裡也會迷路；心不在焉時，見了熟人也認不出。

事實上，有大智大慧、能解決大問題的人，不一定能對小事小節也能應付自如；同樣的，能把日常小事瑣務都處理得頭頭是道者，不見得就能克服重大的事體。

好笑的是，元十三限忍不住現身出來，爲小鏡引路。

小鏡一點也不訝異他的出現。

她對「白鬚園」也並不熟悉，那時候，她也未理解天衣居士、諸葛先生、元十三限師兄弟之間的關係。

如果她那時能了解，以小鏡置身事外時的冰雪聰敏，或許便能避開他們之間的一場僵局了。

那天晚上，她見了諸葛先生之後就迷了路。

帶她回到「白鬚園」大堂「金河廣場」的是元十三限。

於是元十三限又跟諸葛先生會上。

——當真是「冤家路窄」。

元十三限誤以為諸葛先生把最可怕的敵手「劍」留給他應付，害他受了傷，他本來一見諸葛小花就要大鬧一場。

可能還會大打出手。

可是，當著小鏡的面前，他倆既沒有吵，也沒有鬧。

而且還靜靜的讓小鏡姑娘拿出天衣居士的藥物，接受療傷。

甚至還聽從小鏡的話，為彼此的傷口塗藥煎藥。

接下來，小鏡就道出天衣居士赴「萬玉觀」一事。

兩人當然責無旁貸的赴「萬玉觀」。

他們及時趕到。

天衣居士因無法在織女受脅持下攻襲夏侯四十一，還受了重傷，正危急間，他的兩個師弟來了。

夏侯四十一是何許人。

他一下子即放棄戰鬥，提出要求：

他可以放了織女，條件是他們也放他和三鞭道人一條生路，否則，他寧可殺了織女，力戰到底。

天衣居士要求諸葛先生和元十三限答應下來。

織女雖穴道受制，但神智未失：「不可以，殺了他！」

天衣居士不能這樣做。

「一定要殺了他！這畜牲！」

她受過凌辱，所以恨絕了夏侯四十一。

天衣居士仍然要求二位師弟答允條件。

諸葛先生一下子就看出了：織女對二師兄極爲重要。

所以他立刻答應下來。

元十三限是因爲小鏡的目光。

那是央求。

——對元十三限而言，這是他唯一絕對服從的「命令」。

「你逃得了今天，」元十三限對夏侯四十一說，「你終究還是必死在我手上的。」

所以，夏侯四十一放了織女。

因此，夏侯四十一和三鞭道人得以安兵身退。

天衣居士也因而受了重創。

傷了筋脈。

他本來就先天體質羸弱，經此一役，他對高深的武功就更加不能修習了。

織女跟天衣居士雖然誤會冰澤，織女對天衣居士爲她負傷更感內疚，可是織女因受了夏侯四十一如此大辱，心裡有了陰影，加上妊娠期的不安，性情也變得多疑易怒起來，動輒與天衣居士爭吵不已，使許笑一十分懊惱。

他們五人聚在一起時，是「自在門」最有力量之際。

全盛時期。

他們爲國殺敵。

爲民除害。

爲江湖打抱不平。

爲武林主持正義。

——如果他們能這樣結合在一起，爲國爲民爲俠林做事，那是天下之福、黎民之幸。

可是，另一種僵局也逐漸形成了。

那是小鏡和諸葛先生、元十三限的微妙關係！

元十三限喜歡小鏡。

他在尚未見到她容顏前已給她的風姿迷住了。

諸葛先生也深愛小鏡姑娘。

解開布袋的一剎，那惺忪的女子彷彿早已在他的懷抱裡睡了幾個恬靜的百年！

◇◇◇

愛情的可怕是：易發難收。

愛情也總是不講究來龍去脈。

諸葛先生喜歡她，因爲她不僅是他的紅粉，也是他的知音。

無論琴棋詩書畫、刀槍劍戟，茶酒歌舞、禮儀經典，諸葛先生跟小鏡都一談不能底止，有她在，他日麗中天般的生命裡有了她的溫柔夜晚，她的寂寂長夜裡也有了他的燦華燭照。

他生命了她的夜晚。

她柔情了他的亮。

可是他的心思比森林還要隱蔽。

因爲元十三限。

元十三限深愛小鏡。

自從見到小鏡之後，他不再那麼桀敖不馴、那麼孤僻暴戾，他平和了、溫和了、人也和氣多了，就算憤怒時也可以開心著的。

因爲小鏡是他命途多舛時暫擺放一邊的溫柔。

這柔情他是與生俱來的，只是他給不得志沖昏了神智，一時遺忘而已。

他是能夠成爲一個好人的，就算仍然不得意——但他不能失去小鏡。

那也許是他最重要的向好的、向上的、向善的最後一個（也可能是唯一的一個）機會。

故而成了僵局。

十一 迷局

元十三限覺得自己再也不能輸給諸葛先生。

——再這樣輸下去，自己也不認爲自己仍然是一個頂天立地的人了。

甚至連人都不是了。

一個人不能老是輸下去，輸久了，會覺得自己是個不會贏、不能贏、沒有資格也不值得贏的人了。

一旦如此，勝利就與他絕緣了。

——就算我在事業上不如他，難道在愛情上也不及他麼？

怎麼!?

元十三限自信樣子長得比諸葛先生好看。

他高大。

諸葛矮。

他俊。

諸葛只有一張帶點女性化的臉。

他也自覺武功遠勝於諸葛。

而且他對小鏡情有獨鍾、深情專注。

諸葛卻一向都有很多女人。

諸葛小花一向都風流蘊藉。

——他原名「正我」，但他不喜歡這名字，他嫌它太「正」了，也太「自我」了；他自號「小花」；因爲他喜歡「花」，他說過：「爲了看一朵漂亮的花，那人一生便不算白活；每天只要看見一朵花，那一天便沒有白過。」

天衣居士卻正好跟他相反。

他原姓「許」，原名「笑一」，他卻認爲自己的人已太懶閒散漫，應該改個比較莊重一點的名字，所以叫做「國屯」。

元十三限沒有別號。

亦無綽名。

因爲他不讓人爲他亂取。

——取得不貼切的他不高興，取得貼切的他不承認，所以取名的人都給他殺了，綽號自然也流傳不下去了。

以他這種人的脾性，是敗不得的。

但他卻常敗給諸葛先生。
所以在愛情這一寰節上，他更敗不得。
因爲已失敗不起。

◇◇◇

可是，可惜的是，一個輸不起的人往往就是個贏不得的人。
真正的贏家多常是不怕輸的人。

◇◇◇

諸葛確然本性風流，人以爲他主持正義，性情定必古板保守，其實不然。
日後，他之所以能多年來在這好玩貪樂的皇帝身邊任事，扶植國家精英、保存民族元氣，便是因爲他能從善如流、能投人之所好但又不損己之原則的性情所致。
他有很多女人。

艷名四播的青樓女子，名動京師的大家閨秀，劍膽琴心的江湖俠女，溫柔可人的小家碧玉，他有的是她們繫於其身的柔情千縷。

但他只對小鏡姑娘動了真心。

真情。

壞就壞在這裡。

◇◇◇

當你動了真情，就不能輕鬆對應。

因爲你已經放不下。

所以玩不起。

◇◇◇

一個玩不起的浪子就不是浪子。

諸葛先生不是浪子。

他是個智者。

——可是，一個放不下的智者，也絕對不是個真正的智者了。

◇

諸葛先生曾經很崇仰一位武林前輩。

——這前輩姓李，原是一位探花，他驚才艷羨，有絕世的武功，也有絕頂的才情，從情懷到人格，都令他心儀不已。

但他一直都「不佩服」這位「小李探花」用情的態度。

「小李探花」爲了報答他好友的救命之恩，竟把他心愛的女人拱手讓給了好友，自己黯然離去……

——這是啥玩意兒!?

這看來寂寞、傷情、瀟灑，其實，這只是最最無聊、自私、自以爲好漢的做法！

——那女人成了什麼？

貨品？禮物？還是一個不想要了的包袱？他這樣做，換回來的不是偉大，而是「痛苦」：

三方面的「痛苦」。

——他自己的，女友的，救命恩人的。

「小李探花」是個了不起的武林前賢，他每一刀的風華，每一舉措的風采，都成了典範。

但不是他的用情。

——在「情」字上，他造作、自私、一廂情願，連個市井賣豬肉、街上掃地、井邊打水的阿貓阿狗都不如。

諸葛先生常爲「李探花」惋惜。

他可不會這樣子。

——真要愛一個人，就得爲他痴爲他狂，不要推來讓去的，誤人害己。

沒想到，俟發生在自己身上的時候……

卻仍是成了迷局。

當局者迷。

這是個道道地地的迷局。
諸葛先生深愛小鏡姑娘。
但他知道有一個愛得比自己更深，更不能失去小鏡。
那就是元十三限。
他的師弟。
他希望他的師弟能有成就。
——他一向認爲元四師弟會比自己出色。
他也不想再打擊元師弟。
——再要有誤會，只怕這一生一世都解不了了。
可是就算是這樣，他也沒打算把小鏡讓給元十三限。
——愛不是財物。
——它不是「身外物」。
——愛在心中。
——愛是不能讓的。

不過，他卻以爲元十三限對小鏡而言，比自己更爲合適。

因爲自己風流不羈。

小鏡絕不能容忍這些。

她是水一般的女子。

禁不得濁。

受不住攪擾。

元十三限則對情認真、專注、深刻不移。

再說，自己立意既在人世間跑這一遭，就打算爲國爲民盡點心力，但人逢亂世，光只是要完成這一小願，只怕就隨時得付出生命的代價；他雖然深愛小鏡，但仍不可能爲她而棄絕江湖、隱身山中。

——她跟他在一起，只有涉險的份兒，不安定的遭際，說不準還有悲慘的下場。

元十三限則不會。

——只要有了小鏡爲妻，他相信師弟是個可以放棄一切的人。

小鏡需要的是這樣的男人。

元十三限是。

諸葛先生卻知道自己不是。

何況，他再聰明絕頂，但在感情上仍有勘不破、看不透之處。

——或許是因爲他那時候還太年輕之故吧！

——智慧，畢竟不同聰明，是要歲月和閱歷浸透出來的。

他以爲小鏡姑娘也對元十三限有愛意。

——她對我那麼好，可是對元四師弟也很好，她一定是難以取捨了吧？既然如此，自己又何必使她爲難、令他心傷呢？

他不了解小鏡在他未直接表達心意之前，也不便明言她愛的只是他；她對元十三限好，那只是友情，此外，也因少女天生的矜持和心思，想以元十三限來激起諸葛先生的妒意！其實，她對兩人的感情是分明不同的，不一樣的；他們兩人人在局中，看不出來，天衣居士可是瞧得分明。

所以有一日，他去問小鏡。

他是去勸她。

他是過來人。

——他不想小鏡因一時把握不住，把絕景推入了絕境。

他自己也深受愛情之苦。

他不願自己欣賞和關心的人也受到禍害。

沒想到他這一插手，卻使大家都墜入了局裡：

兩個局中！

十二　兩局

第一個局是天衣居士許笑一爲人佈下的，但他自己也踩入了局裡。

他去問小鏡姑娘：妳喜歡誰？

小鏡姑娘反問他：你說呢？

他不暇思索便答：諸葛。

答對了。

確是諸葛先生。

這點天衣居士看得很準。

旁觀者清。

——雖然，元十三限的樣子比諸葛先生要俊美多了。雖然，元十三限對小鏡看來比諸葛先生用情還深。雖然，元十三限的機會要比諸葛先生好多了——諸葛小花似有意避開小鏡，元十三限千方百計去親近小鏡；但饒是這樣，天衣居士仍然認爲小鏡愛的是諸葛。

——許是因爲美麗女子總是易對浪子動情之故吧？不過諸葛也不算是個徹底的

浪子，或是因爲美麗女人總是不注重會去珍惜她的人，而總是較注重不注重她的人之故吧？可是小鏡似乎不是個不懂珍惜所能擁有的和已經擁有的女子。而且，看來不動情的諸葛正我，在天衣居士看來，已不「正」不「我」，渾身上下活著，都只爲了個小鏡姑娘，幾乎生死不理：所以像他那麼個原是智能天縱的人，弄得神魂顛倒，硬要強作冷漠，卻隱瞞得如此失魂落魄，連他在「白鬚園」裡養的鸚鵡都能啄得出來、猞猁不必眨眼都看得到、狗不用鼻子也聞得到！

他深愛小鏡，毫無疑問。

她也愛諸葛，雖然她多半時候只跟元十三限說話——這不是好現象，女孩兒家總找「兄長型」的人談心，可是元十三限顯然並不知道這一點，一味受寵若驚，只要小鏡肯跟他聊天、要他做事、請他幫忙，他就開心得不在乎天長地久，只在乎刹那擁有。

不過，天長地久也只是無數個刹那聚合而成的，元十三限至少覺得當時幸福，那麼，那時的確已是他最大的幸福了。

——今天，她沒跟諸葛說話，只跟我說話。

——今天，她跟我一起到後山去，研討如何以劍招化爲箭招，她並沒有找諸葛一道。

——今天，她見我爲她佈解「七星正晌陣」，烈日如炙，汗落如雨，她用懷絹爲我抹汗呢，啊，別說淌汗了，就算流的是血，也是不枉了……

他是這樣想的。

真正的愛情本來就是一廂情願的事，能戀愛只不過是一個變成兩廂情願的意外。

天衣居士卻不是這樣想的。

所以他「自告奮勇」的去問小鏡。

多年之後，他也捫心自問：

——爲什麼要去管這一檔子事？

主要他是關心：關心小鏡，還有他兩個師弟從恩怨變爲情仇。

另外他也特別關心：關心小鏡，他對她有一種照顧之情。那是一種什麼樣的情感呢？他其實也說不清楚。也許是他先兩位師弟認識小鏡之故吧？他覺得自己對她該有些責任。或許是因爲他先相識織女而致與小鏡永遠只可能是「兄妹之情」的原故吧？他覺得他和她之間似有些遺憾。總之，這使他好奇的問了這一句話，而且多管閒事的管了這一樁他原本該當置身事外的事。

他道破了小鏡女孩兒家的心事。

小鏡哭了。

她不知怎麼辦才好。

——諸葛待她冷淡。

她不知他心意若何。

——元十三限對她熱烈。

她開始只是用他來激諸葛小花，後來對他也真正生了一種「父兄之情」，現在卻不知如何來婉拒他而不使他傷心！

天衣居士見小鏡梨花帶雨的憂煩，他便忍不住挺身而出，揭破了這當局者易迷的天機：

「正我是喜歡妳的，正是因爲他喜歡妳，所以才要逃避妳，因爲他以爲妳喜歡的是元師弟，而又不想傷四師弟的心。」

小鏡也迷茫了。

她也不想令元十三限傷心。

她開始明瞭元十三限對諸葛先生的宿怨。

她不想因爲自己的關係而使兩人怨隙更深。

但如果不傷元十三限，自己和諸葛就得要傷心。

——傷一輩子的心。

小鏡別的事都很無所謂。

可是愛情不能無所謂。

愛情本身就得要拿不起放不下的。

愛絕對是同時付出和獲得的。

她不知道該怎麼辦？

她問天衣居士：我該怎麼辦？

◇

天衣居士是個聰明人。

聰明人懂事。

——懂得做人處事。

在人生裡，懂得做人要比懂得做事更重要。

一個真正夠聰明的人，是曉得自己絕不可插手別人的幾件事，例如：

——家庭事。

——志業取向。

——感情上的事。

可是，像天衣居士這樣的一個聰明人，卻還是管了不該管的事。

——到底他是爲了顯示他的智慧？能耐？還是要討好、取悅小鏡姑娘？或是他自己也沒弄清楚自己也身陷在另一迷局裡？

這只有他自己才知道了。

（或許，連他自己也不曉得。）

◇◇◇

他要助迷局裡的人。

但他自己卻在另一迷局裡。

——就像他勸別人不要自殺，但卻殺死了自己，而受勸的人卻成爲得要償命的兇手！

他也不想元十三限將諸葛小花恨得更深。
但又要元四師弟死心。
所以他竟想出了一個「點子」：
犧牲自己！

◇◇◇

既然小鏡不愛元十三限而若表明愛的是諸葛先生定必使元十三限更恨他的三師兄而且因爲元四師弟對小鏡深情痴戀是以諸葛小花也不敢對小鏡表露心跡故此天衣居士讓四師弟知道小鏡愛的是自己而讓他死了這條心！
這是一個長句。
這也是一個很長的故事。
實際上，故事本來很短，意外卻很多，它的後果和後遺症也很悠長可怕。

天衣居士設了一個局。

他和小鏡對話。

纏綿繾綣。

他故意讓元十三限聽到。

他要元十三限知道，小鏡愛的是他。

——好讓他「知難而退」。

可是，他意料不著的是：元十三限聽到了的同時，織女卻也聽到了。

織女氣忿極了。

她留字、出走、從今以後再也不理會天衣居士了。

當然也不會予他解釋的機會。

天衣居士發了急，可是沒有用，本來已經有了裂紋而今竟已破碎了的鏡子，是不可能復原的。

同一時間，諸葛先生也踩入另一局裡。

由於對感情上的難以取捨，逼使他要在冒險中求平靜，所以他一個人去對付劍神、劍仙、劍鬼、劍妖、劍魔、劍怪還有「劍」等七大劍手，自份必死，卻把殺智高之功留給元十三限。

元十三限那時受盡感情上的創傷。

這反使他生起一種必殺的力量，而且還突破了他武功上的難關。

他真的殺了智高。

他這回也「感覺」得出來：是諸葛先生「讓」他得手的。

所以他殺了智高之後，即與諸葛先生並肩作戰，擊退「七絕劍」。

——諸葛其實並沒有戰敗，他雖然負傷仍未痊癒，但上次那一戰，「七絕神劍」七人所負的傷，要比諸葛小花和元十三限更重。

這一次，是師兄弟二人聯手退敵。

在諸葛先生的感覺裡：是元十三限出手救了他。

他慶幸。

感謝。

同時也發現了元四師弟的心裡喪死。

他恭賀元十三限殺了元惡，便試探對方傷心的理由。

這時候，元十三限覺得諸葛三師兄很親切。

——同是情場傷心人！

他把小鏡所戀者是天衣居士一事告訴了諸葛。

諸葛大爲震動。

——小鏡喜歡的竟是二師兄！

——二師兄怎對得起織女!?

——四師弟怎禁得起傷心？

他決意去質問天衣居士。

◇◇◇

恰好天衣居士因織女的誤解，已無精打采，心情黯淡。

對諸葛先生的逼問，天衣居士幾要動手——他都是爲了諸葛才受累的！

幸好諸葛是個冷靜的人。

——除了對愛情，他一切都很明晰、明理、明智。

他從天衣居士的匆急和冤怒中覺察：天衣居士和小鏡姑娘的關係絕非姦情，而是別有內情。

他追問始知：

天衣居士是爲了他，才會跟織女巠生誤會、因而決裂。

這時，他們的對話，卻都給一人聽去。

元十三限。

◇◇◇◇◇◇

元十三限是傷心、孤寞、悲憤的。

——沒有人幫他。

——他是一個兒的。

——他甚至覺得自己就連戀愛也沒有權利。

人人都在騙他。

欺他。

誆他。

沒有可信的人。

他恨絕了他們。

——這使得他一廂情願的以為：是諸葛先生請天衣居士來詭騙他。

他衝出來，大罵：

「你們兩個狗東西，我這輩子都不會原宥你們！」

然後就走。

諸葛和天衣都追截不到他。

元十三限善於故佈疑陣。

但他卻在半途遇上了一個人：

小鏡。

◇◇◇

滿臉淚痕、滿懷傷心、氣煞了也是恨絕了的小鏡姑娘。

因為她的親父被狙殺了。

兇手正是元十三限！

於是他們就墜入局裡，永難翻身！

十三　殘局

殘局就像歡聚的人忽然都變成了白骨。

收拾殘局就像是收拾吃剩的菜餚一般：它畢竟曾經美妙、美味過。

可是現在到底只是一堆垃圾。

◇◇◇

智高是小鏡的父親。

小鏡本來就姓智。

她原看不過眼家族的所作所爲，離開家庭，但有人殺了她父親，這仇卻絕不能不報。

她從目擊者口中得悉，殺父仇人正是元十三限。

她要殺元十三限。

元十三限氣極了。

他自知中了諸葛先生的「計」。

他向小鏡解釋。

小鏡當然不聽。

她向他出了刀。

她的刀叫做「雪泥刀」。

刀如雪。

——每一刀都能把人斫成肉泥。

元十三限可氣慘了。

——既然妳不信我、既然大家都坑我、既然我活著也沒有用、妳要我死我就死吧！

於是他不閃。

不躲。

硬受她這一刀。

刀著。

——因要報殺父之仇，小鏡這一刀自然下手不輕。

她本來是一刀要仇人的命。

但仇人竟然不避。

而且這「仇家」本是她好友。

——不久前她還蓄意傷了他的心。

所以她留了手。

元十三限臉上捱了一刀。

從今以後，他那張俊美的臉，就破了相，毀了容。

——一道刀疤，從右額角，到左頦角，深，而且長，並且十分厲怖。

小鏡也覺得十分畏怖。

她本來要再斫第二刀。

而且她已砍了。

第二刀就斫入元十三限左胛骨中。

刀鋒已嵌在體內。

——只要再一發力，就會把他砍爲兩爿。

小鏡卻住了手。

在此時停了手。

「你……爲什麼不避？」小鏡怖然問：「爲啥……不還手!?」

「妳殺我，我心甘情願；死在妳手上，我做鬼都不會報仇。」血流披臉的元十三限慘然道：「我只是不甘、不平、不服氣……」

「我爹是你殺的……你有什麼不服？」

「妳爹是亂賊逆黨，殺害無辜不可勝數，殺了他也無不對，妳是他女兒，爲報父仇殺我，也是理所當然，但我只恨……」

「恨？」

「恨受人利用！」

「誰利用你？」

「諸葛正我！這道貌岸然的陰險小人！」元十三限道出了：諸葛先生力敵「七絕神劍」，卻故意把誅殺智高留給自己。

——諸葛先生這樣做，無疑是把元十三限推入了跟小鏡必然決絕的局面。

——諸葛先生更唆教天衣居士假意和小鏡暗結情緣，一方面把織女氣走，另方面可做盡好人，不費吹灰之力誆走元十三限，而可輕易贏取佳人芳心。

——諸葛心毒，可想而知。

元十三限不知道諸葛也不知道智高竟是小鏡之父，恨只恨自己中了計。

小鏡聽了，也大爲驚疑。

——將信將疑。

這時際，諸葛卻正好見元十三限傷透了心，而天衣居士爲了想幫自己，以致跟織女成冤家，他不能自釋，竟做了一件他以前最鄙薄「小李飛刀」所作所爲的事。

——逃避。

——逃開感情的漩渦。

他這一逃，是去替天衣居士把「織女」追回來。

他雖然把事情的要害，費了極大的唇舌，向織女解釋淸楚了。

但織女那時已產下「天衣有縫」：許天衣。

她在感情上，已經倦乏了。

而且她患了一種病。

一種奇病。

她突然間完全蒼老了——老得致使苦苦在找她（天衣居士）、幫她（諸葛先生）、害她（夏侯四十一）這些人面對面時也全認不出她來。

她竟不必易容就沒人認出她。

她在心情上飽受打擊，非常淒涼。

她專注在刺繡上。

——這一來，她那出奇不意、化腐朽爲神奇的針法，才真正光大了「神針門」，名成天下。

諸葛先生終於找著了她，是因爲一幅刺繡。

——繡的雖然是明山麗水，但卻以一種殘山剩水的筆調來勾勒，悲山哀水的針法來刺繡。

下針的人心情必然淒苦。

所以他找上了物主。

他認不出她卻仍認出了她的作品。

果然是織女。

經他解釋之後，織女仍不再回頭。

她已失去了回首的心情。

她跟天衣居士實在太無緣了，以致她每次和他在一起，不是他有難，便是她有難，所以，這使她以為天意如此，不敢再和他在一起了。

小鏡卻在諸葛找上織女的時候她也找到了織女。

她只知道諸葛憑了一件刺繡品找到了織女。

她並沒有跟去。

她相信了。

她相信了元十三限的說法。

她生疑了。

她懷疑起諸葛先生的人格來。

——要是她能跟諸葛先生進入「錦繡山莊」的「女紅居」，見了織女的容貌，她就斷斷不會遷怒於諸葛了。

可是她是聰明人。

聰明的人懂得保護自己，縱然受傷也不受重傷。

她也不想再看到喪心病狂的諸葛正我和天衣居士妻室織女依靭的情狀。

所以她逃離。

逃離之後的她，想要報復。

——如何報仇呢？

傷他的心。
——傷一個人的心要比傷人的身體還傷！
她決意要傷他的心。
——如何使他傷心？
她決定要嫁給元十三限。
這還不夠。
她還要元十三限立定大志。
——立志殺諸葛小花，替她報仇、報父仇、報心裡的仇！

◇

小鏡嫁給元十三限。
她不僅把身子給了他，還把「傷心小箭」也給了元十三限。
——傷心小箭是以情爲弓、愛爲矢，原本是智高的寶物。
但智高永遠沒有機會使用它。
因爲他好的是權力。

不是武功。

好權而有權的人永遠是個忙人。

忙人總不能好好讀書。

也很難專心習武。

所以智高只保有「傷心小箭」，但卻不會用它——給別人他不情願，自己練又沒有時間。

而今小鏡把「傷心小箭」給了元十三限。

元十三限自己有一套「心箭大法」。

——那是韋青青青親授的。

而今正好派上用場。

這是一種絕世的箭法。

——只要學成了，就必能射殺諸葛先生！

可是他一直收拾不了諸葛先生。

因爲他沒有練成。

要真正練成「傷心小箭」還有一個要害：

那就是山字經。

——「山字經」普天之下，只有一人修得。

那就是三鞭道人。

◇◇◇

許是因爲失去了才知珍惜，得到了卻不知道珍愛，小鏡嫁給了元十三限之後，不但小鏡不快樂，元十三限也很不快樂。

那時候，諸葛先生因斷然捨棄了愛情的羈絆，在事業聲名如日中天，受到朝廷新黨和天子的賞掖，很快便成了足以號令天下、權傾朝野的人物。

許是因爲這樣的比照下，元十三限更自慚不如，所以才更加沮喪不忿吧？

他一直練不成「傷心小箭」，而以其他武功又不易取勝於諸葛，這樣的話，既不能替自己雪恥，更不能爲小鏡復仇，這樣的話，小鏡是白嫁給他了。這些焦慮使他的性子更加多疑、暴戾、火躁吧？

其實他比諸葛幸福。

因爲他有了小鏡。

而且他比諸葛幸運。

因爲他不必捲入朝廷和宮廷中的醜惡鬥爭裡。

可是他不服氣。

他覺得自己運舛。

不過，這也許是因爲他感覺到：

——小鏡其實愛的是諸葛，而不是他，只不過，小鏡因爲太恨諸葛，所以才利用自己，去報殺父之仇……說來說去，還是爲了諸葛，連嫁給自己，也是爲了諸葛，不是自己！就算她嫁了給他，他很淸楚的知道，她的心並沒有！至少絕不是他的！

所以元十三限不敢去面對。

他只有猛練「傷心小箭」。

傷心的人練傷心的箭。

人傷心。

箭更傷心。

本來，元十三限、諸葛小花、天衣居士還有織女和小鏡，都是一時之選的絕世人物，可是，爲了一點兒俗世的爭強鬥勝，還有勘不開情這一關，以致不歡的不歡、不快的不快，本來有少怨的也成了大讎，終於各自爲政，互相攻訐，零星落索，以致「自在門」星殞月沉，而道消魔長，肆威不已。

殘局只是花開成了花落（謝）。

更可怕的是死局。

校訂於九二年年中黃金屋供奉觀世音（白衣、白玉、如意輪）、彌陀佛、大日如來、普賢、不動明王、天后娘娘、惠比壽、大黑天、蓮生活佛諸菩薩

十四 死局

死局是本來盛放的鮮花現在變成了一堆枯枝。

天衣居士任、督二脈給切斷，加上織女不肯原宥他，他只有避居白鬚園，不復過問世事。

可是夏侯四十一仍然找上了他。

本來，夏侯四十一也闖不過天衣居士所佈的陣勢。

但夏侯的特長是：

暗算。

暗算首先要「設伏」。

他本來已到手的「唯命是從」，獻上給皇帝，卻差點落得「斬首示眾」。

——不死已算命大。

全仗三鞭道人說好話，才保住一條性命。

原來，夏侯四十一也是聰明給聰明誤。

溫帝開始獻給他的，就是「唯命是從」這種令人意志崩潰、認錯伏罪的藥。

但夏侯四十一就是不信。

他迫殺溫帝，取了另一包藥物。

——他曾把藥強迫溫帝吞下，果然溫帝並不怎麼「言聽計從」，所以他更認定了自己推測不錯。

他沒想到溫帝是溫家的人。

「老字號」溫家的人。

溫家善於用毒。

慣於用毒的人因為經常接觸毒，所以自然產生了一種抗毒的體質。

因此服食了「唯命是從」的溫帝並不完全唯命是從。

這導致夏侯毀的是真藥，而獻上的是假藥，以致蔡京斬殺數名王安石當政時期的清官廉臣時，給這幾個瀕死不屈的人指天拍地大罵了一頓。

蔡京大怒，皇帝也大怒。

夏侯四十一幾乎就「人頭不保」。

所以他回返襄陽，心癢癢想盜取天衣居士在「白鬚園」的寶物，以獻給權相皇帝，再討他們歡心，重新起用自己。

——有的武林人，雖然有一身絕頂武藝，偏就是習慣於奴顏婢膝，非要撈一官半職不能心足。

他打的是天衣居士的主意。

不過他攻不進白鬚園。

所以只好用計。

——最易令天衣居士動心的計策是：說他已擒住織女了。

◇◇◇

以夏侯四十一這種最大的特長就是暗算和害人的人，自然有一百個以上的方法，使天衣居士相信織女已落在他的手上。

何況，以前織女確曾落在他的手上，這事成了永世的陰影，影響了織女和許笑一的一生。

夏侯四十一就算不貪圖白鬚園的奇珍異獸，他也斷斷不能讓天衣居士活下去。

因爲他跟天衣居士已結下深仇。

他侮辱過他的妻子。

他重創了他的軀體。

天衣居士爲了調停諸葛先生和元十三限的磨擦，也把二人鬥氣的目標，轉移到他的身上，他要求兩位師弟爲他報仇，以致夏侯面對這兩大煞星，奔冢走避，幾乎給逼瘋了，也真的給逼得走投無路。

這是早年的事。

終於，諸葛先生和元十三限完全決裂了。

諸葛先生已在朝廷任職，日理萬機，分身乏術。

元十三限則繼續失意、繼續不得志、繼續要打倒那永遠打倒不了的諸葛先生。

這是最好下手的時機。

他在三鞭道人處，請了幾個幫手，去對付天衣居士。

可是人算不如天算。

其實天算有時也不及人算。

——因爲有時人的心思比天意還難測。

所以真正的天威只是有權的人莫測變幻的性情而已。

元十三限一直攻不破「傷心小箭」的祕訣，可是，在他學這種絕學的過程裡，他的人變了。

完全變了。

變得更暴戾。

更自我。

更決絕。

小鏡也變了。

她要元十三限學成。

——學不成，只怕元十三限也得要完了。

於是，她在晚上出去。

天亮的時候，她便回來。

她教他「山字經」。

一日一次。

三月學成。

——其中大關節已攻破，剩下的，就靠元十三限自己的悟性了。

元十三限也沒問她去哪裡。
她去了哪裡，只有自己最清楚。
她去找三鞭道人。
跟他討「山字經」。
三鞭道人是甚麼人，她也最清楚不過。
不過三鞭道人好色。
她一定要「山字經」，就只有用自己去交換。
也因此之故，給她偶然聽得：夏侯四十一誘殺天衣居士的計劃。
她轉告元十三限。
她欠過天衣居士的情。
她要他去救他。
——救他自己的師兄。

元十三限會去救天衣居士嗎？

——天衣居士曾幫諸葛先生而聯同小鏡騙過他。

◇◇◇

夏侯四十一果然把天衣居士引了出來。

「到頭來，」他獰笑著對天衣居士說：「你還是死在我手裡。」

他也是用織女（那時已號稱爲「神針俠女」）所編織的作品，那是一個酷似許笑一的小男孩繡像，來引出天衣居士。

「不過你放心吧，」夏侯四十一得勢不饒人：「我遲早會刮出織女，這一次，我再玩她一遭過後，就不會放過她了。她很快便會到地府裡和你相會，連同據說那個是你的孩子。」

天衣居士仍在劣勢中設了陣，讓夏侯四十一一時攻不進去。

可是，這時候，元十三限卻到了。

那是一場大戰。

十分劇烈。

一個，對七個。

元十三限連殺六人，最後只剩下了夏侯四十一。

夏侯四十一央求：「你別殺我。我可以幫你暗殺諸葛小花！」

天衣居士卻要求元十三限殺了夏侯四十一。

「你殺了他，我什麼都可以答應你，」天衣居士第一次對有生命的事物動了莫可挽回的殺機：「你若放了他，他一定會去害織女母子的。」

元十三限似乎有點猶豫。

然後他的眼和刀疤都發了亮——彷彿是他臉上的刀痕替他作了決定：

「你知道我爲何本來就打算放過你嗎？」

他問夏侯四十一。

夏侯喜出望外。

「因爲你像我一樣，都是惹人憎厭的可憐蟲。」

夏侯四十一自知不是元十三限的對手——當你面對著絕不是對手的對手的時候，他的話就算毫無道理，你也得當是至理名言來聽。

可是元十三限又問：「你知道我爲何又要殺你嗎？」

這回夏侯四十一大吃一驚。

「因爲你不該惹上自在門的人，他們說什麼都是我的同門，我可以自己動手來殺他們，但絕用不著你們這種敗類來踩上一腳、插上一手。」

然後他就動手。

這是一場生死格鬥。

夏侯四十一確非易惹之輩。

但他的「割鬚棄袍大法」卻爲天衣居士所破。

論武功他也絕不如元十三限。

不過，元十三限擊殺夏侯四十一那一招，也當真是奇絕至極！

夏侯四十一雙手舉鋒利無比的快劍，以銳氣破罡風，上空躍起，雙手舉劍，一斬而下。

他要一劍把敵人斬爲兩半。

元十三限卻橫杖封架。

他手上只是一根木頭枴杖。

這一劍而下，夏侯四十一橫行江湖四十八年，從來都是所向披靡，不但斬立斷，同時也斬立決。

但杖並沒有斷。

斬了這一劍後的夏侯四十一，忽然就喪命了。

死了。

原來那一斬反而把元十三限注在杖上的內勁全都引發出來。

他在研通「傷心一箭」的過程裡，早已通悟了七十七種奇術。

他已成了一個「斬不得、殺不得、死不得」的高手！

◇◇◇

夏侯四十一躍到半空，奮力斫下了他那一擊，卻陡然喪失了性命。

元十三限知道他的「傷心之箭」雖未完全練成，至少，他的「勢劍」、「仇極掌」、「恨極拳」都快練成了。小鏡還把他的一身絕學化成了詩、書、畫、棋、文、拳六種奇功。

——要完全練成「傷心一箭」，得需要先把「忍辱神功」練好。

練好一種內功，不是短期的事，也不是可以速成、立成的。

——要速成反而欲速則不達。

——想立成反而不成。

他殺了夏侯四十一，就對天衣居士說：「我救了你的性命。你曾經幫諸葛小花騙過我，我本當殺了你，但我卻救了你，而且還替你殺了敵人，你怎麼報答我？」

天衣居士慘笑道：「請吩咐。」

「你的陣法韜略，尤其奇門雜學，要比我厲害。那是因爲你不必花太多時間在高深的武功上，所以只好在這方面多下苦功。可是，我不希望看到你任何一處比我強的地方，更不喜歡看見你和諸葛小花聯手；」元十三限老實不客氣的說，「白鬚園是好地方，不如你就在這兒終老吧！否則，要死要活，就看你的選擇。」

他的用意很明顯：

他要在江湖上少一個「可以跟他競爭的人」（不管在哪一方面），更且要諸葛小花「少一個可以幫他的人」。

天衣居士笑了。

從今而後，他不出山。

——出山作啥？

他無志於名。

不好權。

更不重利。（這時候，多指頭陀已開始接近天衣居士，予他極爲可觀的金錢上的支持；他當然是蔡京派去的，而且已一早派去了：因爲蔡京一早就看出天衣居士雖然不是一著活棋，但卻是一顆要子，若不能用之，也要先穩住他再說。當然，這一點，天衣居士自己並不知道。）

他連愛人也沒有了。

——他還出山幹甚麼？

所以他的回答是：「沒事的話，我絕不出山。如果出山，你如果殺得了我，儘可以下手殺了我。你放心吧，不是很多事能讓我出山的。」

元十三限的回答是：「你也放心，如果我要殺你，就一定殺得了你。」

其實，元十三限在開始修練「傷心箭」的時候，性情就開始變了，變得絕情、絕義、絕對不快活。

後來，他終於知曉，光以「忍辱神功」，還練不成這「傷心箭法」，還得要「山字經」的要訣來配合。

可是他不求人。

——求也沒有用，三鞭道人是不會給他的。

所以小鏡代他去求。

——她看得出來：如果元十三限練不成「傷心神箭」，只怕就得要走火入魔了，這變成了：不成功，便成仁！

她去求三鞭道人。

——「山字經」只是正統道藏、雲笈七籤中不收入的符籙法訣，對一般人乃至修煉之士，並沒有什麼大不了的助力，但其中的部份要訣，卻能破解修練「傷心一箭」的奧祕法門。所以，這部經典，有的人珍視如命，有的人卻得之無用。

用這種「沒有用的經文」去換「活的美人」，三鞭道人自然是願意不過。這部經書也是他用極其古怪的手段，自他人手裡奪來的。

更高興的是：三鞭道人所提供的「山字經」，是一種顛倒了、倒錯了、跳接了、刪增了的「山字經」。

那是蔡京打聽清楚後，吩咐他做的手腳。

——如此一來，便可以使元十三限失心喪魂、走火入魔，重則身亡，輕也成了瘋癲，以他如此蓋世武功，一旦成了魔頭，大可牽制不少白道高手，這正是蔡京所願。

當時蔡京仍只是戶部尚書，他已察覺諸葛先生勢力日益高漲，因生怕對頭的師兄弟們一樣當了權，造成如他蔡氏一族權傾滿門的勢力，所以出此毒計，先毀掉元十三限再說。

——他還拿不準元十三限說不定會跟諸葛先生聯手；他們畢竟是同門師兄弟！

他沒料到的是元十三限的殺力。

他居然可以倒練「山字經」。

——這「山字經」脫頁、脫句、顛倒、倒裝，但他居然不通的自修得通，不明的自解到明，不能練的他也練成了「能」！

所以終於把「傷心神箭」練成。

但他的性情也大變。

練成的那一天，他先殺了小鏡。

那是他的第一箭。

好一支「傷心箭」。

◇◇◇

他一早就知道小鏡和三鞭道人的姦情。

他更知道小鏡是爲了他必須得到「山字經」。

他殺了小鏡，也傷盡了心。

他第二個便是找三鞭道人。

但三鞭道人已然「不見」了。

而後他找上了故人：

諸葛小花。

◇◇◇

這一回，諸葛小花可不忍讓他了。

以前，他因爲元十三限曾是他的師弟而不忍傷之。

後來，是因爲在殺智高事件中曾並肩作戰，並且誤導元十三限殺了小鏡的父親而歉疚，更不忍殺害他。

而今則不同了。

元十三限殺了小鏡！

諸葛先生痛心。

憤恨。

他力戰元十三限。

當元十三限使出看家法寶——傷心箭——的時候，他也使出了他爲怙念小鏡而自創的絕世招法：濃艷槍。

◇

他終於發現，除非自己先把師父所獨傳給他的「忍辱神功」練好，否則，他決元十三限取之不下。

殺不了諸葛先生。

——因爲諸葛太厲害了。

一個人如許成功，身在高位，還如此不忘奮發進修，也不忘虛心謙抑，更不忘初衷：爲民請命！

◇

元十三限雖然不能取勝，但這一場卻驚動了蔡京。

蔡京決定改變主意，他重用元十三限。

——既不能殺之，不如用之。

用他來對付諸葛小花。

◇◇◇

如此，這幾個本來有絕世之才驚世之學的不世人物，結果：小鏡香消玉殞，織女心灰意懶，天衣居士深居不出，元十三限為奸佞所用，只剩下一個諸葛正我在維持大局，鐵肩擔重任，辣手持正義。

至於元十三限在殺妻之際，卻不意驚走了他那時才五歲的兒子。

從此以後，他找不到他的兒子元次郎。

後來，他卻因機緣巧合，收了個徒弟；他也懶得替他取名字，但日後在江湖上，人人都稱這可怕人物為：

「天下第七」。

而他們就在如此恩怨歲月裡，糾纏在死局中，匆惚過了四十年。

稿於一九九一年二月初至五月初為母病逝事返港十六次延期留馬
校於一九九一年三月二十日母親病逝

第三章　以一變應萬變

十五　器局

溫晚聽罷這一段三十多年前武林中絕頂人物的恩怨情仇，自然感慨。

可是他是一個極端清醒的人。

所以他問：「你怎麼知道是蔡京唆教三鞭道人，提供一個胡亂篡改了的『山字經』給元十三限呢？元十三限現在知道這事的真相麼？」

「這其中還有內情。」天衣居士的情懷仍緬留在過去的碎夢殘影裡：「山字經是一本奇書。那一次去刺殺智高，不止我們師兄弟，還有伏魔將軍赫連鐵樹、金花鏢局局主金小肚、『天外天』白訓這些武林好手，沒有他們牽制住智高的兵力，他們才欺不近去、近不了他的身！其中金小肚便是用獻上『山字經』爲由，誘智高現身。」

溫晚道：「智高既有了『傷心箭』，就算不練，也必貪圖『山字經』的要訣。人總是貪心的，何況是野心大如智高者。」

天衣居士道：「便是。『山字經』是誘出了智高，但智高並沒有得到『山字經』，我們也沒有因而取得『傷心神箭』。倒是由白訓派去剿匪的高手，總共派出一百八十二人，卻全部喪命，而且全都在胸膛上炸開了一個洞。『山字經』也從此消失不見。」

溫晚道：「這椿武林血案早已震動天下，許多人都要爲一眾高手報仇雪恨，說實在的，能一口氣殺盡一百八十二名高手，而且看來還是死於同一人之手，這人武功已高到匪夷所思的地步。」

天衣居士道：「所以，金小肚和他的『金花鏢局』誓要爲慘死的眾高手報此血仇，結果，也跟一眾武林人等，全遭了毒手。」

溫晚道：「致命傷也是：胸口，一個洞？」

天衣居士點頭。

溫晚道：「後來，聽說『天外天』白訓查到了兇手，而兇手是一位叫善哉大師的。」

天衣居士道：「這善哉大師原本就是一名殺手，後來隱姓埋名，出家爲僧，成了得道的方外之人。」

溫晚道：「由於他的背景給人揭發，加上當時種種罪證，顯示他就是人神共憤、罪大惡極的兇手。據說，他逃匿到三鞭道人的道觀裡，是三鞭道人把他檢舉出來的。」

天衣居士道：「所以，三鞭道人也因而順理成章的得到了善哉大師手裡的『山字經』。日後，這『山字經』因小鏡的乞求，才落到元十三限手中，可是原來是蔡京佈的局，先要三鞭道人改變了經文，讓元師弟落了個走火入魔的下場。但他沒料的著的是，元老四天生毅力驚人、悟性過人，居然仍是以此練成了『傷心神箭』。蔡京下令三鞭改動經文一事，卻是多指頭陀告訴我的，他告訴我的時候，已遲了一步，元四弟已學成了『傷心箭法』，這時候，誰告訴他是錯的，他都認爲是對的；而且誰說他是錯的，他便殺掉誰。我三番四次想勸元四師弟，他都視我爲大讎，聽也不聽。」

溫晚皺眉道：「多指頭陀……他又從何得悉的呢？」

天衣居士道：「這個人在宮廷裡很有點辦法，蔡京也曾企圖招攬過他，只是他不爲所動而已。」

溫晚道：「你信任他？」

天衣居士笑道：「這些年來我多虧了他，怎不信他！」

溫晚道：「看來，你對善哉大師滅殺金小肚等人一案，似乎很不滿意？」

天衣居士道：「我認爲其中是有疑點：第一，善哉大師所用的兵器，與死者的傷口並不一致。第二，兇手偵破得太輕易了，也擒殺得太輕鬆了，像這麼一個辣手元兇犯案，照理不會那麼容易便敗露了形跡。第三，三鞭道人在這件事情的『身份』，一反他平日助紂爲虐，胡作非爲的行徑，更加可疑。所以，『善哉大師便是殺金小肚等人血案元兇，經已認罪伏誅』這一說法，我很懷疑，所以，我認爲其中定必有不爲人所知的變數。我也請了一些人去查過，但苦未有頭緒。」

溫晚道：「我也思疑，所以亦請人去查，而且還有了一些線索，有些事可能還與你有牽涉。」

天衣居士目光閃亮：「哦？」

溫晚微嘆一聲，道：「我派去查這件當年血案而有眉目的是許天衣，可惜他已遭了毒手！還不知是不是跟查這件案子有關……如是，卻是我害了他。」

天衣居士道：「是我那孩子命薄，沒有害不害的事。元四師弟大可殺害我，不該找他的徒弟來殺天衣的。他既然這樣做了，我便得出山去助諸葛老二。」

溫晚再度說出了他的擔心：「元十三限既然可殺你兒子，也一定不會放過你。」

天衣居士笑了一笑，滿懷倦意的道：「……也許，我和他和諸葛的事，也該了一了了……逃避終歸不是辦法。」

溫晚道：「你真要上京去，看來，武林大局必然有變。」

天衣居士笑道：「我才沒有那麼重要。」

溫晚也笑道：「連你都出動了，天下頂尖兒的幾張位子又得要換人了。」

天衣居士道：「連洛陽溫晚也赴京去，這才是天下大勢必亂、各方勢力重整之兆呢！」

溫晚嘆道：「其實，我不能馬上陪你赴京，得先上小寒山，也是爲了和紅袖神尼等待一個重大的消息。」

天衣居士微笑道：「我可以猜得著，那是關於什麼的消息。」

兩人相視而笑。

溫晚忍不住道：「我還是不放心你一人赴京。」

天衣居士拍拍他肩上的鳥：「我不是一個人的，我還有乖乖。」

溫晚笑道：「牠再乖巧，也只不過是一隻鳥。」

忽聽「啾」的一聲，小鳥兒豎起了毛，倒像一頭怒貓，像是對溫晚的小窺了牠而「惡形相向」。

溫晚立刻說：「當然，牠也是一隻了不起的鳥。」

那隻鳥的豎毛立即軟了下來，而且用一種十分趣怪的神情，偏著頭兒去望溫晚。

天衣居士用手指撫摸著牠的頭背：「牠更是一隻脾氣暴躁的鳥。」

對牠主人的評語，這鳥兒卻沒有激烈反應。

溫晚道：「至少，牠善於觀形察色。」

天衣居士道：「一個人懂得做人要比懂得做事還重要。正如翰林中人，懂得讀書比死讀書更切要。鳥也一樣。」

溫晚道：「武林中人，也無不同；懂得練武比一味苦練重要。元十三限把倒錯的『山字經』從不通練到通，憑的便是信心、毅力和悟性。其實，憑他的才力，就算沒有得到『山字經』，一樣能練成『傷心神箭』，他爲『傷心箭』所付出的代價委實是太大了。」

天衣居士深有同感：「人在世間，爲了一點點的成就和利益，所付出的時間和心力，實在是太恐怖了。」

溫晚道：「所以你是聰明人。你愛的不是爭強鬥勝，不好殺戮逞能，不苦習殺人術，反而活得自在。『自在門』裡，你最自在。」

天衣居士道：「不，最自在的是大師兄。他是不是尚在人間，仍無人知道，只怕連他自己都不知道，這才是大自在，大自在者能無所不在，無所不能。我只因任督二脈受創難癒，加上心底創傷難痊，灰心喪志，無意出山而已。」

溫晚道：「你不是已練成『破氣神功』了嗎？『自在門』的『破氣神功』，一旦能通，就算殘廢無內力者如四大名捕中的無情，也能憑輕於鴻毛重逾泰山之心法，練成至高深的輕功和發暗器——不，是放射『明器』的巧力，你要是練，以你的聰悟，早就能不需經任督二脈而另闢運氣脈絡了！」

天衣居士笑道：「所以武林中人，常不解無情爲何全無內力，卻能射出可以獨抗唐門的暗器，又可以練成幾可與追命和太平門媲美的輕功來！道理一如給他一幅一流的畫，天真的小孩會當它是真的風景，而第一流的賞畫者也當它是一幅比現實裡的風景更真的實景，反而只有一般人才以爲它只是一幅畫！重於水者即沉，輕於水者會浮，但大船、木筏、舢舨，無一不重於水，卻一樣能浮。一個殘廢的人，寫字依然可以力透紙背，鐵劃銀勾，雄渾凌厲，那又爲何不能施展區區以巧力發射、靠機械發力的暗器！這其中有大關節在。君不見一些至艱深的大道理，明白的卻只是些聖人和樸實無華，連書也不多讀的鄉民麼！其實大道理都是淺顯易明的，難的只是去實現罷了。我自己本不喜歡練武，別人喜歡，我就點化他，讓他少費些氣力，少走些冤枉路。我自己對武功並沒有重大興趣，就像不好色的人視紅粉爲髏骷，不愛錢的人視黃金爲糞土一般，這也沒啥特別，人生一世，如白駒過隙，化在爭霸稱雄上，以力是尚，我認爲不値得，如此而已，所以，『破氣神功』雖然懂得，也沒真的好好去練，只傳了給一二人，也偶然修習一下，當作玩兒罷了。這倒都讓大人見笑了，我原就是個遊手好閒、不務正業的人！」

溫晚哈哈大笑，然後肅然道：「人生下來除了好好做一個人和好好過一生之外，哪有甚麼正業！舉世滔滔，無不是爭名奪利、逞能好勝之輩，我就是喜歡你的淡泊無爲，不過，你這次復出，要對付的是元十三限，這可也是個不世人物，他手上調教出來的十一個徒弟：魯書一、燕詩一、顧鐵三、趙畫四、葉棋五、齊文六、『大開神鞭』司徒殘、『大闔金鞭』司馬廢、『開闔神君』司空殘廢，天下第七，還有一位僅知有其人不知其名的高手，這些都是在武林中極爲難鬥的好手，你這樣過去，我怎放心。」

天衣居士道：「大人毋要擔心，我雖不才，但也總算還有幾個偏幫我的年輕朋友。」

溫晚撫髯道：「如此最好。他們是誰？」

天衣居士道：「『黑面蔡家』的『火孩兒』蔡水擇、『七大寇』中的唐寶牛、方恨少，『七道旋風』的張炭和朱大塊兒。」

溫晚奇道：「你跟黑面蔡家交情很深嗎？」

天衣居士道：「『黑面蔡家』是打造兵器起家的。武林中人誰都要靠他們鑄造一些稱手兵器來。我向不用兵器，所以無求於他們。有很多武器的藍圖，還是他們派人來跟我索取的，且有很多是我替他們設計的。他們常派蔡水擇這孩子來，我見他機伶可愛，也指點了他一些武功。」

溫晚道：「聽說，『黑臉蔡家』還送了一件特別的兵器，那就是相思刀和銷魂劍，來向你表達謝意。」

天衣居士道：「那是一對很管用的兵器。我把它轉送給小石頭了。」

溫晚道：「你跟『桃花社』的『七道旋風』也熟？」

天衣居士笑道：「他們的老大賴笑娥頗悉奇門陣法，通曉旁門雜學，時與我討論，朱大塊兒曾在我門下學過藝，才加入『桃花社』的。張炭又是『天機』組織的人，他們的龍頭張三爸幾次想勸服我成為專門誅殺貪官污吏、弄臣權宦的『天機』組織的供奉，我都沒答應。他們常遣這熟悉『八大江湖術』的張炭來跟我聯絡。他們兩人，也都可算是我不記名的弟子。」

溫晚道：「可是你跟『七大寇』的成員也一樣熟絡！」

天衣居士道：「其實我也不算太熟，只不過，『七大寇』給人追緝慣了。他們的老大沈虎禪在輩份上又是我的師侄，有一次，他們遇到了凶險，沈虎禪便把唐、方二人託避於白鬚園。他們兩人住在那兒一段時日，不是打架就是罵架，輸了的一方，我總是忍不住點撥了一兩下子，所以他們也可以算是跟我有點似師似徒但又非師非徒的關係。」

溫晚道：「這五人若肯出來助你，則是最好不過，但他們手底上的功夫，似還不夠硬。我手上也有四人，也想得你允可，跟你出去長點見識。」

天衣居士道：「你的心意，我是知道的。你是要人保護我，但又怕我掛不住面子，便說成這樣子。」

溫晚笑道：「怕只怕老哥你不答應。雙拳難敵四手，好漢不吃眼前虧，而今元十三限已是蔡京手上紅人大將，萬一翻起臉來，身邊有得是爪牙，打不過你，累也把你累死了。人說：入得了城，銀票不妨多帶；走得江湖，朋友不妨多交。你多領幾個人去，有事好照應。」

天衣居士道：「我再是推卻……便是不恭了。卻不知大人欲遣派誰人跟我一道？」

溫晚道：「當然都是最得力的人選。這兒我有四個心腹，正好一個是『老字號溫家』的，一個是『西川蜀中』唐門的，一個是『太平門』梁家的，一個是『下三濫』何家的人。」

「哦？」天衣居士道：「先說貴門高手吧！」

溫晚道：「我是『老字號』中隸屬於『活字號』的。在『活字號』裡，近年出現了一個年輕能手，就叫做溫寶。我想他跟你去學點東西。」

天衣居士道：「大人推薦的，自然是一流好手，必能幫得上我的大忙。唐家堡來的不知是誰？」

溫晚道：「唐七味。」

天衣居士然道：「『獨沽一味』唐七味？」

溫晚道：「正是。」

天衣居士道：「聽說他的暗器別出蹊徑，是第一個以嗅覺來發射暗器的好手。」

溫晚道：「正是。」

「『下三濫』派出的又是誰？」

「『老天爺』何小河。

「這女子雖出身青樓，但爲人一點也不下三濫。」

「她曾受過『活字號』一點恩情，所以，我把她安排在京城裡，本來是協助我老友雷損，後來雷損鬧得太過份了，終遭惡報，而何小河也因『八大天王』高大名慘死，心灰意懶，重返洛陽，暫時寄身於我門下。」

「她既然已意懶心灰，又何必要她再涉江湖？」

「其實她還沒有甘心。」

「她要報仇？」

「她要報『八大天王』高大名慘死之仇。」

「……」天衣居士沉吟半晌，又問：「『太平門』的人呢？」

「梁阿牛。」

「『用手走路』梁阿牛？」

「正是他。」

「大人手上真有的是人材，這些英雄年少，都是不易服人之輩。一個成功的人其特色是：手邊往往有很多人材。」

「我沒有甚麼本領，他們會賣我這個面子，純粹是因爲我平時盡一切心力，善待他們。我一向都是疑人不用，用人不疑的。」

「可是這八個字兩句話裡有的是大學問。用人難，難在知人。是人材已不易得，但能否死心塌地爲你所用，這就更難了。有時候，用人比殺人還難。殺人只要把人殺死了便可以了，但用一個人，還要他活著爲你效命，簡直是難上加難。疑人不用，但你所疑之人，可能是人材；用人不疑，唯你所信重之人，其實是要害你的人。能看得透、勘得破這一點，何其不易！」

「這也沒甚麼了不起，我要用他，就推心置腹。萬一看錯了，讓他倒戈了，我也認栽就是了。如果不用他，也不礙著他，由他自去了算了。這世上總有一些人，站在那兒老是礙著大家的路，既不肯思進，又不願改過，這叫害群之馬，遇上這種人，有時才真算是沒辦法。」

「有這種人嗎？您手上有？」

「有。」

「譬如誰？」

「至少有一個。」

「哦？」

「她是小女。」

天衣居士大笑了。

「你要我帶這些人上京去，大概還有別的深意吧？」

「我的用意，大致跟居士的別有用心一致。」

兩人拊掌哈哈大笑。

然後溫晚在笑意裡拭抹了眼角的淚痕，肅容道：「你知道我為甚麼到今天還把持著箇小小官位戀棧不放？」

天衣居士道：「因為舉世皆濁，你不得不獨清；天下俱醉，你不得不自醒！」

溫晚澹然道：「醒的也不止我一人，若普天之下，只有我為醒，早不可挽矣，就是因為有諸葛這些人在苦苦維持大局，我實在放下不得——不是放不下，而是不忍心放下；不是不捨得，而是不能夠捨得。」

天衣居士捫鬍道：「如此說來，我避世而居，說來慚煞。」

溫晚道：「人逢亂世，不求聞達，這是清風傲骨。」

天衣居士微笑道：「我本是：但願老死花酒間，不願鞠躬車馬前。你卻是：萬事遣來剩得狂，十年漢晉十年唐。」

溫晚道：「我也不登天子船，我也不上長安眠。別人笑我成瘋癲，我笑他人看不穿。不過，到頭來，我還是有些看不穿的，而且，也是故意看不穿的。活在世間，啥都看穿看透的話，到頭來，只有活不下去一途了。」

「所以你才養士？」

「養士是為了做事。」

「那一定是大事了！」

「是。」

「願聞。」

「你既然問了，我就說。就算你不問，我也是準備說的。如果你不來，我也擬赴京去，爲的就是辦好這件事。」

「連溫嵩陽都得出動，一定是驚天動地的大事了。」

「我要殺人。」

「蔡京？」

「是。」

「果然。」

「你早知道了？」

「若不是蔡京，誰值得你親自動手？如果不是蔡京，大宋何致積弱至此？要是不殺蔡京，上好中原衣冠，實淪落爲狄夷乎？你不殺蔡京，諸葛不便動手，還有誰能殺蔡京!?」

「有。」

「誰？」

「你！」

「我不行。」

「你不忍殺他？」

「殺這等禍國殃民的敗類，挽救萬民沉淪的大局，沒有『不忍心』三個字。只不過，殺一個人就算命不比他好，也得要命比他硬。以這個觀點，我是斷斷殺不了蔡京的。」

「你不能，但你教的人能。」

天衣居士怔了一怔。

「你是說小石？」

溫晚點頭：「他是個不世之材。」

「可惜他現在人在何方？是否還活著？我都不知道，」天衣居士慘笑道，「他的命也許還不夠好，也不夠硬，但他的格局甚大。」

「對，」溫晚甚表贊同：「看一個人，就看他的器局，成不成材，像不像話，全仗於此。王小石能助蘇夢枕一戰功成定江山，又能退身賣字畫醫跌打而不改其樂，能在瞬間戰書、詩、鐵、畫四大高手，允蔡京殺諸葛，卻又在火石間轉誅傅宗書，這等非凡舉措，非要有大器局不能成事。」

然後他下斷論道：

「所以王小石很可能是蔡京的天敵。」

他接著又道：「也許上天就是派這人來收拾他的。」

◇◇◇

天衣居士靜了下來。

這一刻，他是極想念王小石的。

多年來，王小石侍奉他就像親父一般，他待他也像親子一樣。他現在在哪裡？仍在風聲鶴唳的逃亡中嗎？天衣居士在這一刻是如此無由的惦念著他。

十六　攪局

他是那麼強烈的懷念王小石，以致他在那一刻以一種激情的語調告訴溫晚：

「其實，我帶那麼多人赴京，爲的也是殺人——至少殺了罪魁禍首：蔡京。」

「我已隱居這麼多年了，活到一百歲死還是死，不如做點痛痛快快轟轟烈烈的事才爽爽落落高高興興的死。」

「大宋江山，快要給這一群蛆蟲吸乾吸盡、銷亡殆盡了，不過，中國氣局，根基尚在，不是舉手便可斬殺的。要大好河山不變色，五陵豪傑盡歡顏，首先得要誅殺蔡京！」

「殺蔡京已經是有心有志之武林人物的一大目標。」

「也是最好玩和最有意思的一個遊戲。」

「殺死蔡京。」

殺蔡京。

——這是他們共同恪守的信諾。

也是奮不顧身的目標。

◇◇◇

他，有一張鍍了一層金似的臉。

所以平常時他是戴面具的。

今天他沒有。

他在鏡子前觀察自己的氣色：

他看到殺氣。

——一縷灰氣自眉梢升起：破壞來自他的兄弟朋友。

他冷笑，心暗忖：一向如是。

他的兄弟、朋友，向只礙著他的前程，從不對他提擢援助。

他已在道上。

他人在驛站「大車店」。

他發現自己的氣色如此，就知道不日內就有殺伐。

——也到了決一生死的時候了。

於是元十三限就發出了訊號。

那是一種很特別的信號，混在風裡，只有「自在門」訓練出來的子弟，才能接收得到。——對於太高和太低的聲波，我們一般人都聽不到。

只有在聽覺裡校正了頻率才聽得見。

如果你有這種收聽別人聽不到的本領，或者擁有這種收聽他人無法聽見頻道的機器，你就可能聽得到人家在肚裡咒罵你的話和在心裡讚羨你的語言還有千里外親友的聲音！

◇◇◇

天衣居士也是在路上。他們一路上都喬裝打扮，分批往京城推進，行動非常謹慎小心。

他們在鹹湖附近集合，正要擬定下一趟行程，但這時候，他就感覺得出來。

一，元十三限已經出動了。二，他們已在對敵狀態。三，廝殺很快就會展開。他不覺有點愁眉不展起來，他身邊至少有四個人發現了這一點。

「甚麼事？」

「恐怕元十三限已快發現我們的行蹤了。」

「這麼快？」

「元師弟有的是這個本領。」

「我們本來就是來對付他的，他發現了只是提早對決，怕甚麼？」

「不。我們下手的對象仍是蔡京，他們愈早發現，便會把戰場往前推移，我們越是無法接近京師，對我們的目標則愈難入手。」

「那我們該怎麼辦？前進？還是後退？」

「有時候，後退不一定便是吃虧；前進也有可能是送死。你知道京城是在什麼方向？」

「北方。」

「我們先向南行。」

「那不是愈走愈遠了嗎？」

天衣居士笑了。

「有時候，你爲了確實能抵達北方，所以才應該往南走一陣子。」

「那豈不是離京城愈遠了？」

「不。除非已殺入京師，接近目標。否則的話，離京一千里和離京五百里，效果完全都是一樣的：那就是無法下手。當不能奮進時，勇退就成了一種轉進，敵人要追擊你，就要遠離大本營；若按兵不動，我們則可緩一口氣換一種方式又再偷襲過去。」

「我明白了，」蔡水擇道，「那我們轉移的路向，宜隱祕，但又走露一點風聲，讓敵方知道。」

唐寶牛卻教訓他道：「什麼!?我們是故意引他出城離京呀，萬一他們不知道，豈非前功盡棄了!?」

溫寶笑了。

笑哈哈，不作聲。

朱大塊兒比唐寶牛還大塊頭，但心細如髮：「別人容或不知，但元十三限這樣子的對手，卻一定能覺察到。若走得太張揚，他反而不信。知己知敵，百戰百勝。」

天衣居士笑道：「我們還得在京裡找一些人來擾亂他的心神，攪一攪局。」

這回又是蔡水擇發問：「誰？」

「『發夢二黨』的人，」天衣居士道：「他們曾欠我一點情，加上天衣有縫生前在生死關頭上幫過他們，而且他們人多勢眾，在市肆民間影響力可謂樹大根深，正好執行這種攪局的任務。」

蔡水擇仍是問：「就算為了報恩，『發夢二黨』的首腦溫夢成和花枯發，就敢為此開罪蔡京嗎？」

天衣居士道：「蔡京曾命白愁飛、任勞、任怨等人血洗花枯發的壽宴，他本來是意欲嫁禍朱月明，但卻給八大天王、天衣有縫、王小石等揭破了他們的假面具，現在，京師裡一幫武林豪傑，誰都知道蔡京和白愁飛是斷容不下他們的，他們也都不甘受戮，正待奮起一擊。」

蔡水擇問：「我們怎樣才能通知發、夢二黨配合行動？」

天衣居士微笑向張炭注目：「我們有『天機』組織的高手在。」

「天機」是江湖上最善於傳訊的組織。

「刺客」之間；一向都有極為嚴密的傳訊方式。

張炭是「天機」龍頭張三爸的義子。

他當然也擅於傳信。

唐寶牛見蔡水擇轉去跟張炭傳訊去，便沒好氣的笑道：「蔡水擇這笨瓜蛋，老是問個不停，大家都懂的事，只有他不懂，真懵。」

唐七味道：「對，他最笨。有次，我聽唐青說他跟斑家幾兄弟在一起，斑文拿出一綻金子和一兩銀子問他：『你選哪一樣？』你道他怎樣？他真的去選了一兩銀子！真是笨到家了！那時唐紅不信，唐青就說：『你也試試看。』唐紅就拿了兩兩銀子和一兩銀子，擺在他面前，問他：『你要哪樣？』你道他如何？他竟還是選了一兩銀子！你看他有多笨哪！」

這時，蔡水擇見張炭找了間米行，把一張紙條捲成蒜頭模樣，夾入粒大色白而杆軟有芒的「雪裡揀」堆裡，不一會就有人拿去，蔡水擇嘆道：「民以食爲天，無處不賣米，鄉鎭必有米行，凡舟、關、市、鎭、鄉、街、橋、井、店都代爲傳訊，不致傳遞有誤。」

張炭只「哼」了一聲，不理他。

蔡水擇討了箇沒趣，回到天衣居士身邊，方恨少見著有趣，自己討了一綻銀子，又叫唐寶牛掏出一角碎銀，問他：「我們來玩一個把戲可好？」

蔡水擇睜大了熊貓眼問：「什麼玩意？」

方恨少興致勃勃的道：「這兒有一綻銀子和一角碎銀，要是給你，你選哪樣？」

蔡水擇呆呆的道：「給我？」

唐寶牛更加熱衷：「對，給你，給你，哪份你喜歡，你就拿去。」

蔡水擇鈍鈍的道：「真的？」

唐寶牛、方恨少都一疊聲說：「當然是真的。」

唐七味彷彿看得津津有味，向大家笑說：「看哪，傻子又來表演白痴腦袋了。」

何小河啐道：「怎麼這樣捉弄老實人！人家可沒惹著你們。」

唐寶牛道：「咱們只是給錢他取，又不是欺負弱小！」

梁阿牛詫道：「真有那麼呆的人麼！」溫寶卻只笑呵呵的，不作聲。

卻見眾人一陣爆笑，蔡水擇果然選了一角碎銀，心滿意足的走開去了。

大家見蔡水擇果真笨到這樣子，都笑得直打跌。

溫寶卻不笑了，只說：「聰明，聰明。」

眾人不解其意，「你說誰聰明？」

「當然是小蔡了。」

「他!?他也算聰明!?難道你活昏了頭，也跟他一般腦袋不成!?」

溫寶笑道：「要是他拿大的那份，哪有那麼多獃子拿錢出來給他自選？他看來吃虧，其實是發了不少財！」

唐寶牛、方恨少、唐七味等全呆住了。

只有張炭不屑的冷笑了一聲，喃喃地道：「他可精似鬼呢！跟他同行一道，等著挨欺受騙吧！」

◇◇◇

未幾，在京師裡，聽說至少有三十一路風煙二十七路飛騎，要謀刺蔡京。

還有一幫人馬，從相師、郎中、箔匠、油坊、刻字匠、淺鹽匠、農佃、青樓女子都摻雜其中，據說要弒君換朝，他們的切口是：「四大俠客輔一龍，敢教酷日換麗天。殺身成仁相顧惜，得遇風雲上九車。」

京畿內，一時爲之風聲鶴唳。

十七 變局

元十三限的人手已聚集了。

不過，魯書一和燕詩二因事不能到，來的是趙畫四、顧鐵三、齊文六和葉棋五，還有「大開大闔三殘廢」中的司馬廢、司徒殘及司空殘廢。

另外還有兩個蔡京派給他的人手：

「捧派」老大張顯然。

「風派」老大劉全我。

這時候，他正擬大舉迎截天衣居士，卻收到這樣的訊息：天衣居士已率眾折南而去。

且越去越遠。

◇◇◇

大家本來鬥志高昂的準備出襲，聽到這個消息，有的鬆了一口氣，有的十分無癮，有的破口大罵天衣居士是無膽匪類，有的興味索然，主張追擊。

元十三限的臉色發金，目光也發金。

大家問他：要追擊還是散去？

他只說：等等。

他等甚麼？

沒有人知道。

也沒有人敢問。

接近他的人，都幾乎沒給「凍僵了」。

——那是一股可怕的寒意，只要給他看在眼裡，彷彿就立即凍上心頭。

直至有人快馬來報：

元軍師，請即回京。

何以？

京裡來了刺客，要害太師，要弒聖上。

眾人聽了都駭然。

我們中了天衣匹夫的計了！

他在「調虎離山」。

我們速回京師救駕。

元十三限卻沉著語音下令：

移師甜山！

大家都給這一道命令震住了。

也怔住了。

——京城位於「大車店」之北三百里，天衣居士正從鹹湖南奔酸嶺，離京師有九百里之遙，甜山則是在京城以南七百里，爲何元十三限既不北上返京保護皇上，也不發兵南下追殺天衣居士，卻要移師於甜山？

難道元軍師瘋了不成？

◇◇◇

我們去酸嶺做什麼？

等人。

等誰？

天衣居士那一伙人會自投羅網。

他們……！？

他們是用迂迴曲折的方法，輾轉回京，我們若逼追趕他，則只是給他逼得兜圈子追兔子。

那麼京師告急——

不急。他們必定叫京裡的同黨發動，故佈疑陣，其實只雷大雨小，虛張聲勢。我們若回京，他們正好趁虛而入；一旦與京裡匪類結聯，聲勢坐大，那就更不好對付了。

軍師前幾天是在等……？

就等這消息。如果許笑一是身退，京裡就不會洩露出狙殺的行動；一旦京裡有風吹草動，必存叫我們分散注意力，絕非真退。

所以才轉陣甜山？

他們既取道酸嶺，無論從水路陸路，都必經甜山，我們就在那兒跟他們決一死戰！

於是他的手下恍然大悟。
元十三限寒著臉走了。
他到店後。
店後是草原。
他仰首望天。
負手沉思。
然後突然蹲了下來。
吃草。
猛吃草。
一口一口的狂吞噬著草。
就像一隻著了魔的巨羚。

◇◇◇

天衣居士收到功勁鴿傳書的時候，是十二天後的光景。那鴿子卻不是「飛」來的，而是唐寶牛他們太餓了還是太饞了，竟「一不小心」射下了隻在天空勁飛的鴿子，烤食之際，發現牠足上繫有致天衣居士的緊急密函。

方恨少平生最愛小動物，所以罵他：「你這個臭王八，連信鴿都射下來吃，差點連消息都斷了訊，該當何罪！」

唐寶牛則說：「要不是我射牠下來，牠可能飛過頭了，也可能落到敵方手裡了，幸好是我射下來，不然你們從何得來這訊息？」

他的話似乎是強辭奪理，但也言之成理。

天衣居士收到了信息，沉思了半晌。

那時候，他們離甜山約莫還有百里之遙。那地方就叫「三房山」，天衣居士卻突然屯駐不進。

這回又是蔡水擇發問：「居士收到的是什麼消息？」

天衣居士道：「元師弟既不自後追趕，也沒返京守護，反而率眾直撲甜山，看來已識破我的計策。」

唐寶牛頓時摩拳擦掌：「這樣豈不是即將進行中原大會戰？太好了！」

朱大塊兒卻耽憂起來：「一切都落入元十三限的盤算之中，那豈不糟糕！」

溫寶問：「不知居士現在有何打算？」

天衣居士卻向梁阿牛問：「準備好了沒有？」

梁阿牛即答：「咱們『太平門』十一匹步程最快的馬，我已弄到了六匹，牠們是『飛月』、『飛雪』、『飛花』、『飛矢』、『飛雨』、『飛焰』，就屯在『三房山』之『洞房山』隘口以北。」

天衣居士道：「很好。現在留唐寶牛、朱大塊兒、張炭和蔡水擇在這兒，用盡一切方法，吸引他們注意，你們正引隊往甜山邁進。其他的人，一概喬裝打扮，化整爲零，一日兼趕三日路程，限三天趕到鹹湖會合。只留下『飛雨』一馬，作迫要時聯繫用。」

眾人心中驚疑，還是蔡水擇發問：「那末，我們是在這兒吸住他們的兵力，居士則已進入京城發動總攻了？」

「正是。所以，你們拖延的時間愈長，對我們愈有利；你們拖住的敵手愈多，對我們的助益愈大。」

唐寶牛又摩拳擦掌：「這種偉大的任務，一不怕死，二不怕殺，三不怕犧牲，最適合我來幹。」

朱大塊兒驚懼道：「我們才四個人，居士又不在，他們都是非同小可的高手，會上了豈不是死路一條。」

張炭道：「甜山一帶是稻米之鄉，九月成熟，粒略細，身細白，是爲『蘆花白』，萬一死在那兒實在死得其所。」

朱大塊兒一聽，臉上大變，連忙啐道：「𡁻！𡁻！𡁻！大吉利是，這種不吉利的話，快吐冂水再說！呸！呸！呸！呸！」

他的人長得軒昂威武，直比唐寶牛還英雄三分，看來卻不但膽小，而且還十分惆型。

蔡水擇道：「其實，居士是早已知道元十三限會引軍屯此，故用調虎離山之計，兵分二路，攻其不備？」

天衣居士答：「這點我原也拿捏不定。兩軍交鋒，攻心為上，善戰者未戰已勝。現在是亂局，只好以億變應萬變。我本白鹹湖進擊，但元十三限早已封殺該地，我只好以撤退為虛，自甜山暗自進攻為實，調軍再進。但元師弟確是精細，不受我們干擾，看準亂局，已調主力到甜出來截擊。而我早已算準元老四有此應變之能，請『太平門』梁阿斗準備好快馬，暗下鹹湖，聲東擊西，入城格斃蔡賊再說。」

蔡水擇吓了一跳，忙道：「別這樣說，我也是姓蔡的。」

唐寶牛「哈」的一聲，發現雞生了塊龜殼似的道：「誰叫你好姓不姓，卻偏生要姓蔡！你老是問箇沒完，可知居士多煩！」

「錯了。」天衣居士正色道：「小蔡勇於發問，正不是因爲他不懂，而是他懂；不是他不明白，而是他太明白了。他正是要代那些不敢、不主動、不好意思發話的人問明白。一個會發問的人要比會說話的人更高明：會說話的人不過是把自己的意見表達清楚，但會發問的人卻能把對方的學問學識吸爲己有。」

這番話使唐寶牛有些訕訕然，只說：「我都聽得懂，所以才不問。」

◇◇◇

於是天衣居士向張炭等四人分別面授機宜之後，便率梁阿牛、唐七味、方恨少、溫寶和何小河日夜兼程，直撲鹹湖。

在披星戴月的路上，溫寶還禁不住問出他心裡的疑團：「你爲什麼要派他們四人留下來呢？」

「可有什麼不妥？」

「朱大塊兒膽小，唐寶牛魯莽，這兩人還互相看不順眼，張炭和蔡水擇不和已久，加上張炭使性愛鬧，蔡水擇卻精打細算，難以合作，你留下這四人，只怕是別有用意。」

天衣居士逆風的衣袖鼓脹飽滿。

他嘴裡也似吃滿了風，所以一時並沒有詳細回答溫寶的問話，但溫寶還是隱約聽見他在疾風中笑說了一句：

「在亂世裡出英雄；在變局裡，也不妨動用一些古怪人物。」

然後他反問溫寶：「你知道人何以為怪嗎？」

溫寶試答：「一種是性情古怪的，但外表不一定看得出來；一種是看來古怪的，其實只是他表達的方式不一定為世人所接受。」

天衣居士則道：「其實所謂古怪，只是不平常，未必是錯的、壞的。有的人性格異常一些，與常情有悖，故視之為怪；有的人只不過是真誠真截，但俗人亦因而不解，故視之以怪。」

然後他說：「在常態裡，怪人視為無味。在變局中，異人視之為常。所以請怪人應變，大局可定。」

溫寶大有感悟。

可能是在急馳中對話之故，人在脫弩之矢一般的速度中，腦筋卻分外明晰，所以天衣居士的話語，像空谷傳音一般的印在他的聽覺裡，好像那些話，不是用舌說的，而是給斬首後的痙攣中才突然頓悟的一種啓示。

說這話的時候，正是黎明，溫寶目睹晨曦在半灰半敗的天際，擲出了千道燦金爛亮的旭芒。

溫寶認爲這是個有力的徵象。

這是個好天氣。

這是變局的伊始。

——雖然，變局一開始時是好的，但結果不一定就是好的；反之亦然。

十八 棋局

元十三限望著初昇的旭陽，心裡有一種憎恨的感覺。

他不喜歡黎明。

他甚至也不喜歡早上。

他常在夜間活動，白天起得很遲：尤其他習「傷心之箭」後，這種情形更爲顯著。

這時，他們離甜山不到一百里。

他一看到那末亮麗的陽光，立刻找了一個陰黯的所在，拔了六根蓍草，占了一卦。

在暗處的他，跟樹蔭外的午陽成對映，更顯陰沉不定。他坐在暗處，臉色暗金，連刀疤也隱約有淡金的液體流動在疤溝裡，彷彿心情也是這樣。

大家看了，都不免有點舉棋不定起來：千辛萬苦、夙夜匪懈的趕到這兒，怎麼行動卻突然放緩下來了？

司徒殘不禁探望：軍師在幹甚麼？

葉棋五馬上就答：他沒有把握。

沒有把握!?司徒殘幾乎沒叫了起來：沒把握怎領我們去打仗!?

司馬廢則不信。

你怎麼知道？他問。

一個人在極有信心的時候，是不會去問卜，也不會去計較自己的運程的。當自己已關心起命運的時候，通常都是失卻信心之際。

真的？

你不信，可以去問元軍師。他一定準備換道改陣。

司徒殘沒有問。

他不敢問。

司馬廢沒有問。

因爲不好問。

司空殘廢可去問了。

元十三限沒有答他，只問：誰告訴你的？

司空殘廢如實說了。

元十三限召集了衆人，吩咐：許笑一是個足智多謀的人，他既然潛攻甜山，就不一定人在這一陣線上。如果他放棄甜山，就一定會選鹹湖；只要給他攻入鹹湖，咱們就截不住他了。所以，我們得兵分二路，不過，沒有我命令，誰也不許出戰。

是。

是。

是。

是。

是。

是。

是。

不。

居然有一個聲音反對。

元十三限一看，原來是「風派」劉全我。

鹹湖北離京師五百里，甜山南距京城七百里，來回共一千二百里。所謂將在外，君命有所不受。軍師如果不給我們出戰權，我們豈不先機盡失，爲敵所制，只捱打不還手？

不是不還手，而是許笑一若在，你們不是對手。到該打的時候，我自會下令。

那時豈不太遲？

元十三限冷哼。

「捧派」的張顯然立時說話了。

軍師神機百變，算無遺策，豈有失著？

那也難說。要是失去了機動應變之能，就像瞎了眼的老虎，再凶猛也得喪於獵戶之手。

劉全我說這話的時候，是瞪著元十三限的，他一向都看不起一味阿諛獻諂的張顯然。

你加入我的行動裡，你聽誰的？

元十三限森然問。

眾人心中都為之一寒。

聽你的。

劉全我仍瞪視著元十三限。

主帥只須頒令，有必要跟部將說明原因嗎？

沒有。

那你聽不聽令？

聽！

既然如此，為何說不！？

因為你一人不能開兩場戰局，而沒有你的那一頭，又不能主動接戰，必受牽制，必敗無虞。

誰說一人不能理兩頭戰局？只要運用得當，管十頭都可以！

劉全我一副不信的樣子。

不過，你提的意見很好，但提省不了我，我自有分數。你敢提，且有見於此，這甜山一路，就由你領導，其中司徒殘、司馬廢、趙畫四三人都歸你調度，怎樣？

這回，劉全我楞了半晌，才大聲應答：

是。

他那麼興高采烈，使趙畫四、司馬廢、司徒殘都不悅起來。

必要時，你們也可以試探，可以攻打，但要切記：不可以全力以赴，只要試出天衣居士在不在甜山這批人裡，便可以了。

是。

你武功未必比司馬、司徒、趙四強，但肯擔當。能擔當、有擔當，兩人交手，當然選強者對決；若兩軍對壘，則我能擔當者爲將。你可知我之意？

是。

兩軍對陣，一如對弈，最重要是先摸清敵人的攻勢、實力和弱點、要害，有時，不妨車馬炮齊出動，卻盡虛晃一招，有時，連步卒亦可殺入重圍致敵死命。不過，無論是啥步驟，你們都一定不能誤了傳訊於我的事，知道嗎？

是。

劉全我因爲猝受重用，所以元十三限每說一句，他都大聲、熱烈、響亮的回應。

傳信的方式有四，你們且仔細聽著……

◇◇◇

已經進入甜山範圍的朱大塊兒、張炭、蔡水擇、唐寶牛等四人，正在聚議。

張炭：「我們該行動了。」

唐寶牛：「我們早該行動了。」

朱大塊兒：「從現在開始，我們的行動應特別小心。」

唐寶牛：「我們的行動早就夠小心了。」

蔡水擇：「居士叫我們儘量讓對方知道：我們這伙人來了，而且人多勢眾，十分囂橫，聲勢洶洶。」

朱大塊兒：「可是，我們的人，實在是非常的少，少得……」

唐寶牛：「兵貴精不貴多，巨俠如我者一個就夠了，你高大無膽，別再長他人的痔瘡來滅自己傷風了。」

朱大塊兒：「什……什麼風？」

張炭：「馬上風。他又來胡言亂語，胡吹大氣了。不如大家正經點兒，看如何才能耀武揚威、招搖生事更好。」

唐寶牛：「招搖肇事，耀威造勢，天下有誰比得上找神勇威武天下莫敵宇內第一世外無雙天下寂寞高手刀槍不入唯我獨尊玉面郎君唐祖師爺寶牛大俠？」

張炭、朱大塊兒、蔡水擇：「佩服，佩服一口氣說得臉不紅眼不霎，胡吹大氣，真是非你不可了。」

這下，唐寶牛可高興了。

他立時發號施令，部署「造勢行動」。

第二天，甜山一帶，無人不知這一群「英雄豪傑」，蒞臨此地。

因爲……

他們在本來甯謐安詳的甜山之夜，放了整整一晚的砲仗。唐寶牛還張口跟朱大塊兒一對天造地設的大嗓門，對唱了一夜山歌和情歌。他們還花銀子跟當地農夫們買下三百頭牛，在牛皮上用紅字寫上個「元」，上面再加個「宀」，成了「完」字。他們竟還扮唱新娘，朱大塊兒扮坐轎子的新娘，唐寶牛扮騎驢兒的新郎，張炭扮黑臉媒婆，蔡水擇弄了三十三種乒器乒乒乓乓的敲響，還請了一群樂師來吹吹打打，足足鬧了一天一夜。

這樣子鬧法，當然沒有人還可以不知道這些人來了。

他們的重頭戲是躲在一個足可容八十八人的密封大帳蓬裡，高聲談笑、喝酒、猜拳、作樂，一個人扮七、八個人的聲音（這點張炭最行，他畢竟是「桃花社」裡的好手），盡情聒譟（這點唐寶牛勝任有餘），仰天長嘯（朱大塊兒看見皓月當空，本就有此衝動），製造雜音（這事蔡水擇最在行，他可以把一對日月鉤敲出了四十八人在的武動似的聲音來）。

到了次日，誰不信他們有九十九人來了此地，那一定是個聾子、瞎子加獃子！

做了這些「手腳」之後，四人又分散四路，一在「三房山」的「洞房山」，日間燃烽，晚上舉火；一上「塡房山」，把盤踞其中的一群悍匪「青螞蟻」全趕到山下；一到了「私房山」，到了山上的「老林寺」，迫寺中僧侶全不許唸經，而找了一群野孩子來唱了一整天的「蓮花落」。

這一來，更似人多勢眾，分別在甜山附近的三座山頭同時出現。

他們這樣做，完全是因為天衣居上的吩咐：

「在還沒有弄清楚敵方虛實以前，最好做一些出奇不意，虛張聲勢，故意示弱，顛倒無常的事，來擾亂他們的注意力和集中力。就像要知道這口井和這潭水到底有多深，不妨投一顆石子進去一樣。」

◇◇◇

嗖地一顆石子，在雲天裡疾閃而落，「咚」的一聲，落入湖裡。

這是未冬，只是近秋。那原本波平如鏡的湖水，像風吹草原般的起了摺痕，漸漸擴大，漫漫的漾了開去。

趙畫四覺得他成功了。

他成功的為這秋天點了睛了。

這秋他守在甜山。甜山的楓葉很紅，蘆葦很白，稻穗很金，枯葉很黃。這時暮燕歸巢，殘陽如血。但那只是靜的。人是人，物是物，物我只相忘，未交融。

如何能表達出「感時花濺淚」或是「青山猶哭聲」呢？如何把人的泣歡化作物之寫照，怎樣將物的形來傳人之神呢？

趙畫四一向用他的畫筆，在紙上畫他的無盡天地。落筆愈少，意愈無盡。畫最難畫的是不畫之處，這最見功力，一如武學，沒有招式的絕招，才顯功夫。

於是趙畫四便以一顆石子，一石驚破水中天，把這秋色連波波映斜陽的景色，和人交融一道；漣漪中倒映水邊的他，也化作千萬無算，溶溶漾漾的蕩了開去……

對這幅畫，趙畫四覺得躊躇滿志。

他覺得自己這一悟，寫畫境界必又更進一層。

他心中正喜，突然回首。

這回首的一剎，他已準備好了十七種應變之法和十一記殺手鐧、以及七種逃遁之法：包括跳湖暫避。

因爲他已察覺敵人已逼近了他。

——敵人已逼近到可以下手殺害他（雖然還未到一定可以殺死他）的地步。

不過，轉身後的他，一切接下來的動作都已不必動作了。

因爲來的是自己人。

——司徒殘、司馬廢和劉全我。

趙畫四也在這瞬刻間領悟了一點：

他的畫功確在突飛猛進。

但武功（包括警覺力）卻在速退。

——要是來的是敵人，剛才自己就很危險了。

——難道不可以畫功和武功並進嗎？

——難道人真的心力有限，若在一事下苦功，另一事就得因而荒功廢業？有這樣的人嗎？同時可以兼顧，而且周到，甚且要周身是刀，張張快利，有這種人嗎？

如有，爲啥不是自己？

◇◇◇

你傻楞楞的在幹麼？

你老在想你的畫，畫畫得好有甚麼用？除非你運氣很好，不然，活都活不下去了，畫好有個屁用。教你：做好人比畫好畫重要。

司徒殘和司馬廢是一個責問一個勸。

劉全我卻問：

昨天甜山的事你知道了？

趙畫四身後的湖水依然餘波漾盪，可是他以一種水波不興的語調答：

知道。

你有甚麼看法？

故佈疑陣。

你是說天衣居士根本不在這一陣裡？

如果他在，反而不必囂狂若此。

可是我們是兩軍對壘，猶如相奕。

你的意思是：對方以實示虛，以虛應實，所以虛實難分，實虛不知？

對。如果天衣居士在，他們大可不必如此張狂，天衣居士若在而又旨在引我們入彀，那麼當然要故作囂張，讓我們以為他不在而發動攻襲，自投羅網。所以他到底在不在，教人費疑猜。他們就是要我們猜。

這是一局棋，在不知道對方子力分佈之前，是不能冒然發動攻勢。所以，他們也在試探我們。

他們也不知道「元老」在不在我們陣中。

這是關鍵。

劉全我和趙畫四眼睛都發了亮。

司徒殘和司馬廢都趨了過來。

現在，是天衣居士要急著入城，並不是我們急著要殺他。

所以，我們可以等，天衣居士不能等。

如果天衣居士在，那一定不能等下去，必然會發動攻擊，就算是這樣，一動不如一靜，我們正可以靜制動，只要一摸出虛實，立即把訊息報告「元老」，及時來援。

要是天衣居士不在這一陣裡，我們等下去，也不會有禍害，雙方只不過是消磨著彼此的實力而已。再且，如果在兩三天內他們仍然不發動攻擊，那就是說：天衣居士不在那兒，我們且過去鏟平了他，再去支援鹹湖的「元老」。

司徒殘和司馬廢只有聽的份兒。他們說：

我不習慣下棋，我只習慣打架。

我不管陰謀毒計，我只管衝鋒陷陣。

劉全我和趙畫四相視而笑：

其實沒有部署的衝鋒，只叫送死。爲大將者，能戰能謀，真正的交手，也是鬥智，所謂手打三分，心計七分。只不過世人老要把這事分而爲二，好像運計者勝之不武，勇鬥者雖敗猶榮似的。人總要爲他自己不擅長的事找藉口，表示他只是不屑爲，而非不能爲，其實一個人只要肯承認他們不能爲和不可爲者，已經是個一流的人物了。

司徒殘和司馬廢的回答也很妙：這道理我們也知道。

可是人只有一生。

我們知道咱兄弟倆可以做一流高手，但當不上頂尖高手，既然這樣，就索性撒賴了，不理了，讓自己那麼辛苦、受那麼大的壓力幹啥？放棄有時不是頹唐，反而是一種自在，我們只要不管了，只求爲相爺辦事，辦好了自有富貴榮華、享之不盡，那不就好了麼？又要管雞又得養鴨、放得牛來又看羊，這又何苦？能者多勞，咱們不想當能者，只要活得好，沒天大的野心就只上樓不登天就是了。所以用腦子是你們的事，如果大捷，咱殺敵不後人，也沾一份大功；萬一兵敗，我們可不必揹一隻黑鍋上路。這是咱倆哥兒跟你們不同之處，咱們寧願當莽夫，而且當莽夫也有莫大的好處，咱們當得起莽夫；教你們來擔你們卻也當不起哩。

劉全我聽了，只說了一句：

難怪相爺會那麼信任你們了。
這種話他說得很有些感慨。
就像感慨一副骷髏不能成爲一個活人一樣。

◇◇◇

之後，甜山這邊風景獨好。
司馬廢砍柴。
司徒殘打獵。
趙畫四當然畫他的畫。
劉全我更絕：
他唱歌。
唱客家山歌。
對著山唱。
唱的是綺情小調。
唱給對山的人聽。

——可不知對山的人聽了是甚麼想法？是啥滋味？

十九　悶局

一天半之後，蔡水擇、唐寶牛、張炭、朱大塊兒聚議，研判敵情：

張炭：「元十三限一定不在甜山。」

唐寶牛向來習慣「造」張炭的「反」：「何以見得？」

張炭：「如果元十三限在，他早就率眾發動攻勢了，何必在那兒諱莫如深、扮老虎嚇狼，窮耗時間？」

唐寶牛：「說不定他正是要叫我們上勾，引我們入陣，他早已佈好埋伏一舉伏殺我們之計。」

張炭笑了：「如果元十三限不在那兒，你想他們能夠一舉格殺得了我們嗎？」

張炭的話充滿了激將意味。

唐寶牛的豪氣來了：「就算元十三限在，只要我也在，你們有啥可怕！」

張炭：「那麼，如果元十三限在對山，他只要殺過來便是了，何必弄了這麼一個悶局，把雙方的人都拖死在這兒？」

唐寶牛豪情勃發：「對！我們就攻殺過去，他了箇稀巴爛再說！」

朱大塊兒：「我看，咱們還是審慎點好。居士只要我們守，能拖則拖，不是著我們行險犯難。」

唐寶牛火大：「難怪你長得牛高馬大，魁梧氣勢，能攀得上我三分，卻是這般膽小懦弱畏慘沒種！你要是怕，回家抱娃娃去！」

朱大塊兒滿臉委屈：「我不是怕，我只是不想作無謂戰鬥，更不要有無謂犧牲。」

唐寶牛：「說的好聽，世上所有怯於做事的人，一定不會承認他們不能，而只會推諉於他們不屑；世間一切不敢承擔責任的人，一定不會說自己不敢，只會說自己不願。難怪咱們『七大寇』名震天下，個個光耀萬丈、名動八表，咱沈虎禪大哥不論，光是我唐巨俠寶牛，就膽色過人、膽大包天、視死如歸、勇者無懼、仁者無敵、義者無悔，而你們『桃花社』有你姓朱的這種人，真是，嘿嘿嘿……真是積弱不振得來有道理。」

這一下，可同時激怒了張炭和朱大塊兒。

他們倆人都是「桃花社」的成員。

張炭一張黑臉變紅臉：「你少來磨損我們『桃花社』，論武林清譽，『七大寇』還遠比不上『桃花社』！」

朱大塊兒則一激動起來就口吃：「你你你……你別別別……」

「別」來「別」去，一時張口結舌，仍「別」不出來。

唐寶牛倒口齒便給：「你就別了。別忘了，你們老大是個女子，難怪社員們都帶點娘娘腔了。喂，你臉色變紅倒比平時有瞧頭呢！」

張炭這回可真火了：「我們賴笑娥賴大姊是女的可不輸男！你敢瞧扁了咱，有本事找天搬『七大寇』來較量較量、比劍比劍！」

唐寶牛原是激人上火，卻給人激得火上頭了，大聲道：「好，有朝一日，我們『七大寇』就來會會你們『桃花社』七道旋風！誰輸了是孫子，誰不敢的是耗子，誰是女人就站一邊去！」

張炭臉色陣紅陣黑：「誰不敢應戰的是你孫子！好，待我們這幾戰事了，你去找你的大哥，我去報我大姊，我們來決一勝負！」

唐寶牛：「好，就決一死戰！就算今天要上，我唐巨俠也無有不奉陪！」

張炭：「今天大敵在前，犯不著先傷和氣，而且你只落單一人，咱們『桃花社』從不以眾凌寡。」

唐寶牛又上火了：「我唐巨大俠天下無敵、武功蓋世，你人多我就怕你！要真敢幹的就來，來來來來來，我唐某退一步不算好漢！」

蔡水擇見兩邊已鬧個臉紅耳赤，怕雙方真的幹上了，忙道：「大家都是自己人，有話好說。大敵當前，豈可內鬥？對手設這悶局，就是要我們沉不住氣。咱們還是商議如何對敵爲要！」

張炭一向對蔡水擇就有成見：當年「桃花社」爲大義而冒險全面發動攻勢之際，當時蔡水擇身在「七幫八會九聯盟」中，既不發兵支援，自己也袖手旁觀，「生死不知，枉爲兄弟」，有過這樣的「前科」，張炭是極瞧不起蔡水擇的，於是說：「你怕生事，我也不怪。我只不想有負居士所託。這兒不怕好漢，只怕孬種混著攪和。老唐雖荒唐些，還算得上條好漢。」

蔡水擇一聽，垂下了頭。

唐寶牛則大喜過望，笑呵呵道：「咱們畢竟還是老戰友，好兄弟，待先打過這一場，咱再來約定兩邊人馬，一定輸贏。」

卻聽朱大塊兒道：「……你你你……你別自自自大……總有一天，我朱大大大大大塊塊塊兒兒……教你知道誰才是真漢漢漢子！」

原來他給激怒了，一路憋著結巴到現在，才能把話吐出來。

唐寶牛見朱大塊兒掙紅了臉，像頭會臉紅的牯牛，便哈哈道：「是了，你朱朱朱朱大大大大大塊塊塊塊塊塊兒兒兒兒兒兒兒的厲害極了！」

他這樣一打趣，場面反而輕鬆下來了。

只朱大塊兒仍咕嚕嘰哩的咬著舌，不能把話透過舌根和牙齦變作他要說的話。

張炭也覺不該再這樣鬧下去，便說：「他們搞了咱一個悶局，差點使自家人沉不住氣，鬧了個窩裡反。」

唐寶牛興致又來了：「對了，不如咱們反守爲攻，殺過去，破了悶局，豈不痛快！」

蔡水澤突然道：「不可以，要退。」

張炭冷笑：「果然懦夫。」

蔡水擇：「我們拔營而去，事實上卻不走，他們敢追來，咱們正可攻襲之；如不攻來，彼營必弱，咱們正可掩殺過去。」

唐寶牛：「真費事，打就打，殺就殺，進就進，退就退，這麼多的裝作、矯飾，卻短了英雄氣！」

張炭沉吟了一陣子，肅然對唐寶牛道：「這倒是好計。就算元十三限在對營，咱們引他來犯，總比冒險搶攻的強。要是對方不敢追，其勢必弱，咱們正好可殺他箇措手不及！」

然後他對蔡水擇說：「你這是妙計。」

蔡水擇：「謝謝。」

張炭：「但我仍不喜歡你。」

蔡水擇：「我知道。」

朱大塊兒：「我我我也贊同火孩兒的戰略。」

他顯然餘怒未消，說話仍有結巴。

唐寶牛卻湊過去巴結他：「好哇，你朱大塊頭說怎麼辦就怎麼辦。」

然後又感慨道：「哎哎，想我志大才高，偏生遇陰謀陽謀，只空負了英雄志，豪傑氣！」

張炭白了他一眼，問蔡水擇：「你看咱們應當怎麼做？」

蔡水擇：「拔營，而且要讓敵方知道，咱們要溜。」

張炭心中默算：「今晚有風。」

朱大塊兒忽道：「而且風大。」

張炭：「今夜也有月亮。」

唐寶牛譁然：「喂，你們以爲在江畔乘涼賞月麼？」

張炭：「咱們引他們來幹啥？」

唐寶牛一呆：「伏襲啊。」

張炭：「伏襲不用佈置麼？佈置能不理天時地利嗎？有月亮好比敵人頭上全掛了盞明燈，能不顧慮麼？」

唐寶牛楞住了：「這……」

朱大塊兒忽又道：「有月光也有好處。」

張炭：「哦？」

朱大塊兒：「一個老江湖，摸黑反而曉得提防。月亮不比太陽，我們大可只讓對方瞧見該瞧見的，和不見不該見的。這樣，敵人就會做不該做的事，並且不做該做的事了。」

大家都對朱大塊兒刮目相看。

朱大塊兒忽然慘叫了一聲。

「救命啊！」

他大叫，直跳起來拚命甩手。

眾人定過神來，發現他手背上正爬著一隻蜥蜴。

一隻小小小小的、無傷無害的小蜥蜴。

然而他卻像遭毒蛇噬著一般恐慌。

廿　氣局

山陰這邊，很靜。

許是因爲山陽那邊，住著幾個熱鬧的人，他們在那兒，極爲吵鬧，連那兒的蟲豸、知了和鳥雀，也特別喧鬧，吵得連座山裡林中的鬧市，沒完沒了。

到了入夜，鳥聲停了，不知哪兒的獸鳴狼嗥又此起彼落，就連和尚唸經的喃喃也特別響。

但山陰卻一直很靜。

他們在守候。

等待一擊。

從山坳裡望過去，煙樹蕭條，暮靄蒼茫，荒冷得彷彿在看的那雙也不是人眼。

月華初昇，帶點怯意，秋晚覆掩過無色的壠土，涼冷得動人。

趙畫四覺得很滿意。

因爲他剛吃下了一個女子。

一個很有味道的女子。

他把她給吃下去了。
整個吃下去了。

◇◇◇

漂亮的女孩子是拿來欣賞的，美麗的女子是給人愛的——他卻是爲何要把一個很好看的年輕女子吃下肚裡去呢？

◇◇◇

看來無稽，原因其實再也簡單不過。
爲來爲去都是爲了畫。
他要作畫，並且要他的畫更進一步。
他不能容讓他的畫停滯於一個境地。
——止境，便是藝術家的絕境。

他有自知之明：

他的畫畫得已夠風流、瀟灑、清奇、飄逸、曠達、高遠，但就是差了一點：不夠神韻。

神見於采，一幅好畫，如見作者的風姿神貌。韻是風韻，也是氣韻。弦外之音，言外之意，講究在落筆與下筆之處，那是一幅畫的靈魂，也是畫者的風骨。

可是他覺得他沒有這些。

怎樣才可以得到這些呢？

所以當他看見在甜山山陰農宅裡有一個長得很甜、很有味道的小女孩的時候，他便殺了她的父母家人，並且吃了她。

他認爲以毒可以攻毒。

奇人可用奇法。

他自己就是奇士。

他用的方法也許古怪一些，但可能很有效，所以不妨試試，而且應該多試一試。

——爲了作畫，他甚麼都可以犧牲，啥都可以做。

他就是爲了可以遍覽御書房的真跡名畫，而爲蔡京效死拚命。

他痴於畫。

事實上，像吃了一個很有味道的女子以圖可以畫出很有韻味的畫來這種事，他是常幹的，而且，他也不以為自己怪壯：因為天下人都常在做著這類無聊的事。

譬如：殺了動物，取其皮羽，披戴身上，就以為能跟那動物一般漂亮美麗了。又如：取殺動物體內的某部份，以為吃其鞭可壯陽，食睪丸可促精壯，塗其脂可護膚，服龜苓可滋陰，諸如此類，不勝枚舉，早已習以為常。

所以趙畫四並不感到罪惡。

他只覺得那女子很好吃。

——她是甜的。

司徒殘和司馬廢看在眼裡，也不去阻止他，只笑說：

——他是瘋的。

——小姑娘是用來玩的，不是吃的，太可惜了。

因此，甜山山陰這邊，自從他們四人在此戍守之後，便沒有甚麼聲音（包括人聲），那是理所當然的。

——因為你只敢對天使咆哮造反，你絕不敢對惡魔招惹胡鬧。

劉全我回來了。

他常常突然而去，更常常突然而回。

讓人莫測高深，無法預計，無疑是作為領袖的最佳護身符。

可是這使得司徒殘和司馬廢更來得清閒：

——反正，這不關我們的事！

——元老把大權交了給他，且看他怎麼擔當！

一個團隊裡，其實最怕的，就是這種心態：

這與我們無關！

看他怎樣「死」！

——一旦是抱持這種想法，這團隊合作的力量，便告瓦解了。

非但瓦解，有時還會互相抵制，彼此牽累。

元十三限把駐守甜山的子力交給劉全我負責。

因為他有擔當。

——一個男子漢能成為男子漢的最重要條件，便是要能夠／膽敢／勇於擔當。

甚至可以說，就算一個人長得眉粗眼大、軒昂七尺、氣派堂堂，但只要他沒有承擔大事的勇色豪情，那也稱不上是一條好漢。

劉全我這次回來，眉宇間有抑制不住的振奮，語言間也很有點匆急。

這顯然跟他平時的冷靜沉著不一樣。

所以司徒和司馬都覺得奇怪（除了趙畫四，他還在回味吃那女孩子的滋味）：

什麼事？

出戰了。

爲什麼？

對方正在撤退。

確實的嗎!?

確然。「老林寺」的和尚有我們的人，據報他們確是在全面撤走。

這麼說……天衣居士確不在甜山了。

恐怕錯不了了。

兵法有云：窮寇莫追……咱們不如迅即和元老會合於鹹湖，全力打擊天衣居士更妙。

不對。他們若還在穩守，氣局很定，咱們不可輕攖其鋒，兩軍實力相近，以武力互拚，難免傷亡，縱勝也未必有利。可是他們一退，氣勢大失，氣局已弱，咱們正好殺他箇落花流水、斬草除根。要不然，他們一旦跟鹹湖兵力會合上了又成一支勁旅，那時再要斬除，恐已不易了。

那末……元老那邊？

我會通知他的。

我們……怎麼攻法？

司馬、司徒，負責追殺。殺一敵是一功。殲敵，這全是你們的功勞；若爲敵所殲，也怨不得人。趙畫四，你負責兜截住他們的去路。若讓一人逃了，是你放行；如能一網打盡，是你盡力。我獨負責追趕他們，逼他們入絕路，你們再來甕中捉鱉。

好。

就這麼決定了。

好久沒大開殺戒了。

三人都奮亢起來。

司徒腰間的蟒鞭在顫動，彷似一條活蛇。

司馬背上的金鞭在發亮，像照在上面的不是月色而是陽光。

趙畫四就像即將要作畫。

並且即將要完成一幅曠世絕作。

◇◇◇

這都是因爲：

劉全我懂得把責任移到他們身上。

——若要一條漢子成爲好漢，只要給他負起適當的責任，他們就會好漢給你看。

軍隊出戰前，士氣比兵力更重要。

而團結又比士氣更切要。

請續看《驚艷一槍》中冊

風雲精選武俠經典　編為臥龍生精品集

金筆點龍記

臥龍生—著

臥龍生與司馬翎、諸葛青雲並稱台灣俠壇的「三劍客」
台灣武俠小說界，臥龍生獨領風騷被稱為「台灣武俠泰斗」
臥龍生是台灣著名武俠小說作家，也是海外新派武俠小說家一員

《金筆點龍記》堪稱是既承先啟後、又峰迴路轉的一部力作。
臥龍生保留全盛時期最被武俠文壇肯定的長處：擅於「說故事」，
另一方面，進行自覺調整，發掘所謂「俠義精神」的內在涵義。

俞秀凡為一名手無縛雞之力的書生，寄居破廟，準備應考。眼見有人身受重傷卻仍遭到多名強橫霸道之輩的殘酷圍捕及追殺，一時胸臆間熱血上湧，抵死也要維護那個遭難落魄的江湖人，以致捲入了他完全想像不到的武林風暴。被拯救的艾九靈是一代大俠，目睹俞秀凡的俠氣與義行，已一心要將俞秀凡培養成未來的武林棟樑之才。俞秀凡藝成之後，幾次出生入死，才得以闖入江湖上人人聞之色變的造化城，且以他的風采與機智贏得城中超級美女水燕兒的傾心。但城中的「十方別院」竟是羈縻及囚禁天下英雄的詭異場所……

【武俠經典新版】說英雄‧誰是英雄系列

驚艷一槍（上）

作者：溫瑞安
發行人：陳曉林
出版所：風雲時代出版股份有限公司
地址：10576台北市民生東路五段178號7樓之3
電話：(02) 2756-0949
傳真：(02) 2765-3799
執行主編：劉宇青
美術設計：許惠芳
行銷企劃：林安莉
業務總監：張瑋鳳

初版日期：2021年11月新版一刷
版權授權：溫瑞安
ISBN：978-626-7025-06-2
風雲書網：http://www.eastbooks.com.tw
官方部落格：http://eastbooks.pixnet.net/blog
Facebook：http://www.facebook.com/h7560949
E-mail：h7560949@ms15.hinet.net
劃撥帳號：12043291
戶名：風雲時代出版股份有限公司
風雲發行所：33373桃園市龜山區公西村2鄰復興街304巷96號
電話：(03) 318-1378
傳真：(03) 318-1378
法律顧問：永然法律事務所 李永然律師
北辰著作權事務所 蕭雄淋律師
行政院新聞局局版台業字第3595號 營利事業統一編號22759935

定價：290元

國家圖書館出版品預行編目資料

驚艷一槍（上）／溫瑞安 著. -- 臺北市：風雲時代，
2021.10 - 冊；公分 (說英雄.誰是英雄系列)
武俠經典新版

ISBN 978-626-7025-06-2（上冊：平裝）

1.武俠小說

857.9　　110013987